CONTENTS

CROSS NOVELS

CONTENTS

金狼王の最愛オメガ

日暮里《にっぽり》駅は真夏のどんよりとした熱気に包まれていた。

スマホを取り出し、アルファベット表記された中紀里也《なかきりや》の名前をスクロールする。ＬＣＣで押さえたエアの時間には、まだ余裕があった。画面から視線を上げた瞬間、不意に眩暈に襲われる。しゃがみ込んで目を閉じ、左右に揺れる感覚が去るのを待った。

ぶるりと身震いをする。あったはずの湿った空気や気怠い暑さが跡形もなく消え、肌寒いほどだ。ようやく眩暈が去り、息をつく。まぶたを開けたが何も見えず、呆然と瞬きを繰り返す。いつの間に停電したのか、自分の手も見えぬほど暗い。

「へ？」

間抜けな声を上げた途端、真っ白なきつい光に包まれる。

息を呑む複数の気配がする。おお、と感嘆の声が響き、いくつもの視線を感じた。

眩しい光は急速に薄らぎ、目の前に浮かび上がった皺《しわ》だらけの手のひらへ吸い込まれるようにして消えた。

一瞬の闇ののち、あちこちで電灯とは違う、ゆらめきのある明かりが灯る。橙の明かりは俺の正面に立つ、白いローブを羽織った老人をぼんやり照らした。

——おじいさんの魔法使いコスプレが超本格的なんだけど、どういうこと？

尻をついていた床は白い大理石で、そこに描かれた魔法陣らしきものがぐるりと俺を囲んでいる。

——日暮里に秘密結社が現れた……わけじゃないよなぁ。

誰かの足音が近づいてくる。靴ではなく、サンダルが擦るような音だ。

甘い香りが漂った。次第に濃くなるそれは、香りの強い花に似て、妙に惹きつけられる。

白いローブ姿の老人が身を引くと、金の王冠を頭上に載せた大柄な男が現れた。

陽に焼けた素肌に濃紺の長衣と同色のズボンを身に着けている。胸元は開き、衣服には金糸《きんし》で豪華な刺繍《ししゅう》が施されていた。素肌に着けた金の首飾りは幾重にも重なり、こぶし大のサファイアのような真っ青な石が目を引いた。

男が大きな歩幅で進み出ると、膝まである長衣の裾が翻《ひるがえ》った。上着の間から盛り上がった胸筋が覗き、その下に続く腹筋はきれいに割れている。

——気絶させられて、オメガ崇拝のおかしな宗教団体にさらわれたとか？

オメガは百人に一人といわれる稀少な存在ゆえに、昔はそういったこともあったと聞く。

アルファ、ベータ、オメガからなるバース性は、男女性のほかにある第二の性だ。その最たる特徴は、男女性に関わらずアルファはペニスを持ち、オメガもまた男女問わず妊娠できる点にある。ＩＱや運動能力、ストレス耐性等様々な能力において、アルファはベータやオメガよりも優れ、アルファ人口の増減が国力を左右するほど影響力がある。

しかし、アルファはオメガからしか生まれない。そのオメガは同じくオメガから生まれることが多いが、稀に親のバース性に関わらず生まれるケースもある。

また、アルファとオメガのカップルには番《つが》うという、特徴的行為を交わすことができる。アルファがオメガのうなじを噛《か》むことで番《つがい》は成立する。

俺は子どものころから当たり前にオメガを公言しているが、モテすぎて困っても、不快な目にあったことは一度もない。優れたアルファを産むオメガはアルファ以上に優遇されるのが当たり前だし、そういうものだと俺も思っている。

不本意な相手から強引に番われないよう、うなじを保護するための首輪もあるが、治安の悪い地域でもない限り、素で晒しているオメガがほとんどだ。とはいえこの突飛な状況で、首輪がないのは心もとない。

目の前で止まった男は、冠と同じ金色の髪を肩まで伸ばしている。線の太い顔立ちは整っており、何より眼光が鋭い。金の瞳から放たれるまなざしだけで、すべてをひれ伏させる王者の貫禄があった。

視線が合った瞬間、胸が殴られたかのように痛んだ。息を詰める。しばらく置いて再度強い衝撃に襲《おそ》われた。

痛いと思ったのは、経験したことがないほど心臓が強く拍動したせいだった。それは次第にだくだくとした激しい鼓動へ変わり、身体が急速に熱を持つ。汗がにじみ、風邪でも引いたみたい頭がぼんやりした。

——心臓がおかしい？　何これ？　病気にでもなっちゃったのかな。

もしくは突発的な発情期だろうかと不安がよぎる。

背負っていたバックパックに発情抑制剤が入っていたはずだが、荷物がない。ウエストポーチもなければスニーカーも脱げて裸足だ。着ている服だけで何も手元に残っていない。

「薬がない……どうしよう」

オメガには発情期があり、発情抑制剤でコントロールするのが一般的だ。発情中に服薬しなかった場合、遭遇したアルファや男性ベータの性的欲情を強烈に刺激してしまう。だが、一度番ってしまえば番相手以外に発情することはなくなる。

身体は熱いが、発情期特有の情欲が刺激される感覚はない。ただ身体が何かに対してひどく反応してしまっているらしい。

男へ視線を戻す。金の瞳がよく見えた。カチリと何かがはまったかのごとく、視線が外せない。お互い、時を忘れて見つめ合う。

――この人、アルファだ。だけど普通のアルファとなんか違う。

隣に立つ、ローブ姿の老人が男へ向かって何か話している。何度も声をかけられ、ようやく気づいた男は瞬きを繰り返してからうなずくと、俺に向かって手を差し伸べた。

「ダイジョ××ブガナ××、メル×××ル××――」

大丈夫かと聞かれた気がして、激しく拍動する胸に手を当てたまま答える。

「……なんとか大丈夫です」

精悍な顔がうなずき、「ナントカ」というフレーズを数度繰り返した。硬いタコのある大きな手を取ると、立たせてくれる。やたらと高い背を見上げれば、金色の冠の脇で何かがぱたぱたと動いた。

男が振り返り、誰かと話す。交わされているのは聞いたことがない言語だ。

一方で俺は、無性に目の前の広い背中に飛びつきたくてむずむずしていた。

知らない人、とっても魅力的に感じられるけれど、何がなんだかよく分からない人物に飛びついていいことなんてない。そう分かっているのに、衝動が常識や理性を無視しろと、俺の身体の中で暴れまわる。

――こんなの初めて。だけどなんか引っかかる。こういうのなんていうんだっけ？

男の背中から視線を下げる。後ろに切れ込みが入った長衣の間から、髪と同じ金の太い毛束がぴょこんとうねり出た。毛先が床に触れるほど長い。

――しっぽ……え？　しっぽ？　しっぽ――!!

どう見ても尻から伸びたそれは落ち着きなく動き、ちょっと上げてみたり下げてみたりと、まるで本当に生きて動いているみたいだ。

男が動いた拍子に、頭の上の冠がずり下がる。男は鬱陶しげに冠を外すと、誰かに手渡した。髪をかき上げ、頭を振る。何かが頭の上にぴょこんと残り、それが周囲の金髪を振り払うようにぷるぷると動いた。

隣では老人のフードがずり落ち、白髪のなかに白い毛の生えた耳が現れる。ローブの後ろからは、同じく白いしっぽが覗いていた。見まわせば、どの人の頭にも同じく三角の耳がある。

衝撃的光景とともに、引っかかっていたフレーズがぽろりと頭に浮かんだ。

「この人、俺の運命の番だ!!　よく分かんないけど会えた！　やったー!!　マジっぽい動物の耳としっぽあるけど……」

喜びとショックでぐるぐると目が回る。

獣の耳としっぽを持つ男は振り返り、耳慣れぬ響きで話しかけてくる。もう認めるしかなかった。

「やっぱココ、日暮里じゃない。俺の知ってる世界じゃないってことは……」

くたりと床へ倒れ込みながら、なんでこんなことになったのだろうと思った。ついこの前まで、仕事場である缶詰め工場と家を往復するだけの地味な生活に、満足していたはずなのに。

§　§　§

私のオメガだ。

現れた瞬間から愛しいと感じたのが不思議だった。顔を見て、発作のように胸が痛んだ。

「……かわいい」

白い肌に薔薇色の頬。やんわり毛先がカーブした短い黒髪の下には、長いまつげに縁どられた黒い瞳。不安げな表情も何もかも愛おしい。気を失った顔まで愛らしかった。

昨夜、召喚した神殿から王族の居室である宮殿へ彼を移したが、離れがたく、彼の寝顔を朝まで眺めていた。仕事があるため退室したものの、堪え切れず昼前に戻って来てしまった。こうしてまた宮殿を出ても、気づけば足を止め、彼の愛らしさを反芻《はんすう》してしまう。

文官が首を垂れて願い出る。

「陛下、そろそろお仕事にお戻りいただけませんでしょうか」

短く答え、廊下を歩き執務室へ向かう。しかし、胸の内が騒いで騒いでどうしようもない。浮き立つような甘苦しい感覚がのたうち、強弱をつけて私を襲う。無性に叫びたいのを堪え、意味なく廊下を速足で往復するが飽き足らず、庭へ下りて剣の素振りを始めた。

千回振っても落ち着かない。額の汗をぬぐい、侍従が差し出す水を飲み干す。火照って乾いた喉が潤され、心地よい。

「……かわいい」

何をしても、彼のことが頭から離れない。彼を目にしてからずっとこうだ。異世界召喚を成功した魔術師たちへ、ねぎらいの言葉をかけようとしたときも同じだった。

どうしてこれほどまで落ち着かないのか。

父亡きあと、私は若くして王位についた。思い込みが強いとたまに言われることもあるが、国内のみならず他国からもその英明さを噂《うわさ》されるほどであったのに、何も手につかない。

それにしても、彼は本当に愛らしかった。

いつの間にかまた彼のことを考えながら歩くと、再び文官が声を上げる。

「陛下、そろそろお仕事にお戻りいただけませんでしょうか」

律儀な文官は、一言一句同じ言葉を繰り返す。ふと行く手を見れば、背にしていたはずの宮殿がなぜかある。無意識に彼の元へ戻ろうとしていたらしい。

「なんてことだ」

いったい自分はどうしたのだろう。それにしてもと、またもや一人で我がオメガのかわいさを反芻してしまう。

「陛下、市民の代表者より上がっている嘆願について、検討せねばなりません」

なかなか仕事に戻らない私を探しに来たらしい、年かさの財務長官が現れる。眉間には深い皺が刻まれていた。

「分かっているが、離れがたいのだ」

「まだ婚前ですぞ。通常ならばお顔合わせ自体、婚儀の日まで控えねばならないものだというのに。それより、こちらの差し迫った問題についていますぐご検討を！」

財務長官は案件書類を眼前へ掲げ、王城の執務室へ追い立てる。

「やるべき公務はいくらでもあるが……いや、しっかりせねば。よし行こう」

己に言い聞かせ、なんとか執務室に辿り着く。待ち構えていた市民たちの訴えを真剣に聞いたが、この胸騒ぎはそうそう律せるものではなかった。

下水道設備の新設を嘆願しに来た街の代表者にも、厳しい国家財政では現行設備の保守作業で精いっぱいだと渋る財務長官にも、結局私は重々しい口調で「かわいい」と言ってしまった。

その場にいた全員があっけにとられ、次にハの字に眉根が寄る。

目の前の人物をこれほどまで戸惑わせてしまったことが、いままで自分にあったろうか。普段、人の期待を裏切らぬよう気を引き締めているだけに、自分自身動揺してしまう。

話は聞いているのだ。理解しているのだ。なのに、気を許すと悩ましいため息が出るし、言葉を発しようとすると「かわいい」がまず出てしまう。

「もしや、これが恋の病なのか？　それにしてはあまりに理性が追いつかない気がするが……」

頭の片隅で何かの記憶がかすった気がしたが、結局何も思い出せなかった。

§　§　§

浅いまどろみのなか、夢を見た。

チュチュペットというジュースを凍らせた細長いアイスは俺の好物だ。上機嫌でちゅうちゅう吸っていたら、頬を膨らませた母に、平たくつぶれたビニールをツンとつつかれた。

「キリちゃん、二十三にもなってまだそんな子どもっぽいもの食べてるの？　ちゅうちゅうしてるお口もかわいいけど、そろそろ色気を意識してもいいんじゃない？　もう少し色気があれば無敵だと思うのよね」

　五十を過ぎてもまったく衰えを知らない美貌《びぼう》の母が、ため息をつく。細くくびれた腰をリビングのソファへ下ろすと、みっしりと詰まったクッションが浅く沈んだ。

　座面の広い革張りの家具はかなりの高級品らしいが、値段は誰も知らない。誕生日のプレゼントに、母がファンの一人からもらったらしい。オメガの母にはそういうファンが何人かいて、たまに一緒に食事をしてあげるそうだ。気まぐれにモデルをしているものの、大した知名度もないのになぜファンがいるのか、俺にはよく分からない。

　そんな母が、大きな瞳を涙で潤ませ、俺を睨む。

「ママのお話を無視するなんてひどい。キリちゃんのいじわる！」

「ごめん、聞いてるって。でも色気って言われても」

　自分が幼い自覚はある。決まり悪げに己の黒髪をくしゃりとかき回す。眉毛を隠す程度の短髪は小学生のころから変わらない。

「恋人を作ればいいのよ！　こんなにかわいいお顔なうえにオメガなんだから、恋人の十人や二十人、あっという間でしょ？」

「俺、運命の番としか付き合う気ないし。母さんたちこそ、夫婦のくせにそれぞれ何人も恋人作ってるのっておかしいよ」

「オメガは愛の伝道師なんだもの、全然おかしくないわ。それにママは恋人っていうより、ファンの人におともだちになってくれって頼まれるから、たまに相手してるだけよ。どんなアルファが来ても、パパの素敵さは別格なのよね。自分に夢中なアルファを袖にする、あのパパの冷たい顔にはいつもしびれちゃう！　最高よ！」

母から熱い視線を向けられた父もまた、俺を挟んでソファへ腰を下ろす。すらりと長い脚を組む父は細身で長身、憂いを帯びた表情は六十間近にも関わらず、母に負けぬ色気を溢れさせている。

「ママが奴隷《どれい》……じゃなくておともだちの皆さんにご褒美のムチ……じゃなくて愛情をかけてやる姿にはかなわないさ。冷酷で慈悲深い才能にパパは夢中になったんだ」

二人でうっとりと見つめ合う。

「私のおともだちとあなたの恋人たちの前で、パパがプロポーズしてくれたのよね。あれは最高に燃えたセ……キスだったわ」

「しばらくやみつきになっちゃったよね」

「プロポーズって何度もやるものなの？　やっぱり母さんも父さんも変わってる」

俺の疑問に、母は甘い微笑みで答える。

「かわいい私の天使ちゃん、人数はともかく、複数の恋人を持つオメガはほかにもいるわよ。むしろ、大人になっても本気で運命の番を信じてるキリちゃんの方が変わってるわ」

十年前に見た運命の番のドラマにハマってから、俺の相手も世界でたった一人の特別な人じゃなきゃ絶対イヤだと思うようになった。だから、そこそこあったアルファからの求婚も突っぱねたし、これからも信条を変えるつもりはない。

「変わっててもなんでも、とにかく俺は運命の番としか結婚したくないし、恋もするつもりはないんだ！　『世界超びっくり噂まとめ』ってネットのサイトに、千組に一組は運命の番なんだって載ってたもん。運命の番は本当にいるんだってば」

「ネットの噂……」

母はしばしば遠い目をしたのち、父へ助けを求めた。

「パパもなんか言ってやってよ。こんなにかわいいキリちゃんが恋も知らない童貞処女なのよ？」

「キリたんに恋したアルファもベータもそれなりにいたが、誰もキリたんの心を奪うことはできなかったからな。まったく人類は何をやっているんだ。キリたんが一目で惚れるくらいの人物はこの世界にいないのか？　それともキリたんの素晴らしさに気づかないとでも？　……ふし穴どもめ、本気を出せ！」

一人で憤る父へ、俺は冷めた視線を投げる。

「……常識的だと思うよ。俺、特に美男子ってわけじゃないし、気も利かなくて頭も悪いからさ。缶詰め工場の仕事だって、不器用な俺でもできるよう、缶詰めがベルトコンベアーを流れていくのを見届ける仕事させてもらえてる。それだってたまに見逃しちゃうけど、工場長はお説教だけで、検品し直せとか言わないし。すごく優しくしてもらってると思うよ」

「ママ、またモデルのお仕事、紹介しよっか？」

「向いてないからいいよ。前にやったとき、表情がぎこちなさすぎて、後ろ姿しか採用されなかったじゃないか」

「そんな正直者のキリちゃんもかわいいのに」

「キリたんのかわいさなら、ウインク一つで宇宙旅行にだって行けるだろうに、なぜ缶詰め工場に勤めているんだ？」

「そうよ。ママたちと一緒にドバイで遊ぼうっていつも誘ってるのに、工場のお仕事優先で全然一緒に行ってくれないし、ママつまんない！　もっとキリちゃんとプールサイドでキャッキャうふふして遊びたい！」

　年齢を考えれば不満げに頬を膨らますしぐさはそぐわないはずなのに、母がやると茶目っ気と色気の混じった魅力で様になるのが不思議だ。

「母さんたちは、平気で一か月ぐらい遊びに出掛けるんだもん。付き合えないよ。それにいまの仕事は、続けたいし。最初は本社の受付に配属されたんだけど、物覚えが悪くて失敗ばかりでさ。あちこち異動したけど、工場の検品の仕事が一番俺に合ってるんだよね」

「キリたんならどんな職場でも奇跡を起こすさ！　運命の番と出会うなんて夢物語も、本当に実現させてしまうかもしれないな」

「工場長含めて毎日五人くらいしか会わないけどね」

「キリたんなら、自力で宇宙旅行に行けるぐらいのミリオネアになれるさ！」

「俺、手取り十三万だし、頭も悪いから無理だと思うよ」

　俺を溺愛《できあい》してくれるのは嬉しいけれど、厳しい現実が耳に入らないのはちょっと不安だ。

「そうね、パパ。キリちゃんのかわいさなら、運命の番とかっていう人がアマゾン川の源流にいたとしても、きっと見つけてもらえるわよね」

　地球の反対側は無理だろうと心の内でツッコミを入れ、ちょっとギクリとする。一日に五人しか会わない生活で運命の番を待つのは、現実的ではないかもしれない。

「そうだな。たとえキリたんが休みの日は一日中ドラマを見て、一歩も外に出ない生活だったとしても、それでも見つけるぐらいミラクルな強運の持ち主だよ」

「……俺、ちょっと自信なくなってきた。じっと待ってるだけじゃ、やっぱダメかも」

「大丈夫よ、キリちゃん。あなたまだ、たったの二十三歳だもの。ママたちは遊ぶのが大好きだから貯金はないけど、ママの等身大純金像を残してあげるから大丈夫よ。邪魔だったから、プレゼントしてくれたおともだちのサロンに飾ってあるの。パパもママも贈り物ならたくさんあるわ」

「パパがもらったプレゼントに何本か金の棒があるから、困ったときはそれを売ればいい」

「キリちゃんに見せられない卑猥な棒だったから、クローゼットに仕舞った金ね。パパ、一度溶かしてキリちゃんが手にしても大丈夫な形にしておいてよ」

「そうだね、コインに変えておこう。あれがあれば、去年モナコで遊んだ分ぐらいにはなるんじゃないか？　僕たちだと一年も持たないけど、キリたんならしっかりしているから大丈夫だろう」

「もし使いきっても、かわいいキリちゃんなら、あと五十年？　六十年？　とにかく何年たってもキリちゃんはかわいいに違いないんだから、大丈夫よね！」

「運命の番を探す旅に出ようかな……」

「あらあらあら、どうしたのキリちゃん？」

「キリたんが心境の変化なんて、いったい何があったんだ？」

楽天的な夫婦は自分たちが原因とは知らず、そろって首を傾げた。

それから俺は気に入っていた缶詰め工場を辞め、世界一周の旅に出ることにした。貧乏旅行になるのは覚悟だ。心配した母親が、リッチな友人リストを餞別にくれた。困ることがあったら、この人たちに連絡すれば喜んで助けてくれるらしいが、喜んでの意味が少し怖い。

出発は早朝。成田《なりた》へ向かう電車に乗るため日暮里駅構内を歩いていると、眩暈に襲われた。気づけば暗闇のなかに放り出されていた。


目覚めた場所は、ふかふかのベッドの中だ。

ついさっきまで見ていた夢は記憶の再現なのか、それとも荒唐《こうとう》無稽《むけい》な夢だったのか迷う。

――運命の番を探す旅に出るって宣言したのは現実の記憶で、その前のファンタジーなイケメンしっぽ男の夢は……あれ？　どっちだ？

葉擦れの音とともに、風がベッドを囲う紗《しゃ》の幕を揺らす。薄い布の向こうに、見覚えのない場所が広がっていた。

繊細なモザイクタイルの張られた壁に、柔らかな陽が射している。開け放たれた窓は木製で、見慣れたアルミサッシは見当たらない。はまっているガラスも波打った分厚いものだ。

彫刻の施された石の暖炉にアメリカンサイズみたいな堂々としたソファ、大理石の天板が載ったテーブルも華美で、どこの宮殿に紛れ込んだのかと戸惑う。何より乾いた空気は、住み慣れた日本のものではない。

もぞりと身体を動かす。素肌に木綿らしい柔らかな布が触れる感触がした。身体を起こして確かめる。白地に金の刺繍が全面に入った、丈の長いワンピースを着ている。

――夢じゃなかったか……じゃあ、あのしっぽが生えたアルファの人も……。

思い出すだけで頬に熱が集まる。胸が壊れそうな衝撃を思い出し、自分の身体を抱きしめた。

しっぽや耳がついていようといまいと、あの人は自分にとって特別な人だ。それは直感というよりもっと強い、理のような感覚で、理由なく受け入れて当然に思われる。

身体の熱は引いている。発情とは明らかに違う。運命の番に会えたことを本能が身体に知らせたのが、あの反応なのかもしれない。

オメガ特有の発情期は、個人差があるものの数か月に一度起こるものだ。急な発熱が始まる兆候だが、抑制剤を服用すれば普通に生活できる。俺も最初の一度以外は発情を自覚せずに過ごしてきた。その一度きりの体験も、薬をすぐに服用したから、なんとなく身体が火照ったことしか憶えていない。

俺の場合は発情周期が半年と長めらしい。ついこの間あったばかりだから、向こう半年は発情の心配をせずに済む。

「運命の番に会ったから、もうそういう心配もいらないのかな」

パートナーのいるオメガの場合、発情期中は番が相手をしてくれるものだ。抑制剤で抑える場合もあるけれど、服薬せずに番った相手とするのは格別で、愛情を確かめ合う大事なことだといわれている。

運命の番ならば互いに惹かれ合い、深く愛し合うはずだ。この世界に抑制剤があるか分からないけれど、なかったとしても彼がいれば大丈夫だ。

「旅に出る前に出会えたなんて、俺の運、最強すぎる。ココがどこかなのかさっぱりだけど、運命の番に会っちゃった……会えた、会えたぞ、会えたんだー!!」

興奮のあまり、起き上がって両手を突き上げ、ガッツポーズをする。同じタイミングで、ベッドを囲うカーテンがするすると開かれた。頭を下げて控える人たちを見つけ、飛び上がるほど驚く。

「うぉっ、びっっ……くりしたぁ……」

寝かされていた寝台に高さがあったせいで気づかなかったが、男女合わせ五人が片膝をついて並んでいた。一人を除き、頭にはそれぞれ三角の耳がある。毛の生えたその耳とは別に俺と同じ耳もあり、腰のあたりには、耳と同色の短毛に覆われたしっぽが揺れている。

——柴犬とかレトリバーとか、犬っぽい感じ？

カーテンがすべて開かれると、彼らは静かに立ち上がり、顔を上げた。全体的に大柄な人が多いらしく、女性でも百八十は余裕である。俺の身長が百七十だから、さらに二、三十センチは皆高い。

女性は胸に鮮やかな布を巻いているが、素肌に襟のない上着を羽織っただけの薄着だ。あの男が着ていたものは長かったが、彼らの上着は短く、しっぽの根元を隠す程度だ。皆、きらきらした石が嵌《はま》った腕輪や、耳飾りを着けていた。

彼らのなかで、一人だけ三角耳もしっぽもない男性は、俺と同じくらいの身長だ。彼だけなんの装飾品も着けず、長い上着の下にシャツを着込み、厚着をしていた。濃い茶色の髪と瞳をした彼は、背中まである長い髪を後ろで一つに束ね、いくらか年上に見えた。

何か伝えたいのか、俺へ向かって口を開き、次々と言葉を重ねる。

「×××××、×××」

何を言っているか分からず、首を傾げる。相手も困惑し、同じしぐさで首を傾げた。微妙な緊張感が漂う。

——目が覚めたのか、みたいなこと言ってんのかな。もしくは腹減ったかとか？

アルファからは、迫力や華々しさを感じることが多いが、居並ぶ彼らからはそういったものを感じない。皆、ベータのようだ。

「×××××、××××」

何を言われてもきょとんとしている俺を見て、彼らは残念そうに首を振った。頭の上の耳がしおしおと垂れていく。どうやら落胆させてしまったらしい。

唯一普通のヒトに見える男性が再び、身振り手振りで意思疎通に挑む。自分の胸に手を当てて『ピノー』というので、繰り返したらホッとした顔で微笑んでくれた。

薄茶の頭に同じく茶の耳をピンと立てた、柴犬を思わせる年若い青年が進み出て、同じ素振りで『ジオ』と申し出る。彼は太い銀の腕輪を着け、中央には親指大の白い水晶が付いていた。なかなかのおしゃれさんらしい。彼にも同様に繰り返したら喜んでくれた。

こりゃ自己紹介ってことだなと思った俺は、自分を指し『紀里也』と言う。相手は一瞬きょとんとしたものの、互いに顔を見合わせたのち、控えめに手を打って喜んでくれた。

「なんとかやっていけそうでよかった」

安心した俺は胸に手を当て微笑む。彼らは笑みを深め、何度もうなずいてくれた。

ピノーとジオと名乗った若い男性が、それぞれ声をかけてくれる。

「ナントカ××、××××」

「×××、ナントカ××」

頭や末尾にナントカを付けてあれこれ話しては、お会いできて嬉しい的な微笑みをそれぞれ見せる。この国の挨拶なのだろうかと首を捻る。

「……なんというか、とりあえず俺の名前を分かってくれてる感じがしないんだよな。ねぇ、俺紀里也だよ？」

何度か試してみたが、そのたびに手を叩き、歓迎の表情を見せてくれる。温かく迎えてくれるのは助かるが、俺の言いたいことはちっとも伝わっていない。

「なんかヤバいかも」

俺がため息をつくと、ピノーは『不安なお気持ちお察しします』とばかりに、同じく重い息をついた。ジオが仲間たちと短く言葉を交わすと、ピノーを残し、全員退室してしまった。

首筋を冷たい風が通り抜け、くしゅんとくしゃみが出た。ピノーはすぐに、自身のものと似た形の長い上着を羽織らせてくれる。肩や首が寒かったので、ちょうどよい。

「ありがと」

礼を言うと、ピノーがにっこり微笑んでくれる。言葉はちんぷんかんぷんだけど、少なくともいまはお互い通じ合った気がする。

頑張ればなんとかなるに違いない。そう自分を励ましてみるが、せっかく会えた運命の番の彼がいないのが気になった。探していた番だと知った以上、部屋を飛び出して探しに行きたい気持ちに駆られる。

「勝手に出歩いたら怒られるかな……」

会いたい気持ちで胸が締め付けられる。

どうしようと思っていたらドアが開き、浅黒い肌に金髪の、いままさに会いたかった人物が現れた。後ろにジオが続いているところを見ると、彼が俺のことを伝えてくれたようだ。

ピノーが素早く床へ跪《ひざまず》き、頭を垂れる。最初の印象通り、彼はすごく偉い立場らしい。最初にかぶっていたあの冠も、本物の王冠ってことなのかもしれない。

今日はその冠を着けておらず、縦長の三角耳をまっすぐこちらへ向けているのがよく見えた。彼の耳は分厚い毛に覆われ、ふた回りは大きく、犬というより狼っぽい。胸にはブルーサファイアに似た大きな宝石を着けている。台座も鎖も金だ。濃い色合いが美しい。

——こんなかっこいい人が俺の運命の番なんて、最高じゃん!!

男の背後で不安げに揺れるしっぽにはたっぷりと長い金毛が生え、光を反射してきらきらと鋭い光を反射させる。豊かな太さと素晴らしい毛並みに、触りたくてうずうずした。

——そばに行きたい！　触りたい！　嗅ぎまくりたい！　とっとと番いたい！

我慢できずにベッドを下り、飛びつくように抱きついた。逞《たくま》しい筋肉を纏った腕が俺の腰にまわり、同じ目線に抱き上げられる。

こちらの世界は大柄な人が多いが、俺の運命の番はなかでもさらに大柄で、ゆうに二メートルは超えているうえに、俺を片手で抱き上げられるぐらいに力持ちだ。

見つめ合い、自然な流れで彼に口づけようとしたところで、わっと驚く声が上がった。

「×××！」

ピノーが俺を素早く引き下ろし、すさまじい速さでしゃべっている。何かしでかしてしまったらしい。飛びついたのがいけなかったのだろうか。ならば歩み寄るまでだ。

しかし、俺が一歩進むと、男は同じく一歩後ずさる。胸にこぶしを当て、ぱちぱちと瞬きを繰り返してはこちらを見る。戸惑っているみたいだ。

「普通のオメガと違うって感じてるんだろ？　それ、俺たちが運命の番だからだよ！　惹かれ合って当然なんだ。いきなりキスしたっていいんだよ！」

ドラマや映画で見た運命の番は、出会って見つめ合ったらすぐキスしまくっていた。同じ真似をして、なぜ逃げられるのか分からない。ムッとして口を尖らすと、男がでれっと相好を崩す。すぐさま取り繕うように顔をさすっていたが、口元は緩んでいる。

「なんだ、やっぱり喜んでるじゃん」

誰とも付き合ったことはないが、俺だってモテなかったわけじゃない。

両親ほどではないが、学校ではいつもアルファが俺の周りにいて、あれこれ面倒を見てくれたものだ。勉強だけは彼らの努力をもってしても成果が出なかったが、『中紀里也君の努力を伝えるレポート』を作成し、先生へ随時提出してくれたおかげで追追試を免除してもらえた。俺がいるとアルファのやる気が上がるからと、高校は特別枠推薦で進学校に進めたぐらいには、そこそこ評価の高いモテオメガだったのだ。

過去の栄華を思い返し、自信を取り戻す。仕切り直しとばかりに再び抱きついた。ピノーはためらいながらも、今回は引き止めずにいてくれた。

男に抱えられたまま今度は頬へキスしようとしたところで、やはり慌てたピノーから引きはがされる。

「なんでだよ！　俺たち、運命の番だろ？」

男は自分の唇を指さし、首を振る。いまはやらしいことはダメみたいだ。

「おっかしいな、ドラマと違う。映画や本だと、すぐにちゅーできてたんだけど」

抱きつくのは大丈夫らしいから、それで我慢することにする。了解の意味でうなずくと、みんなホッとした顔になる。相当な問題児みたいに扱われ、納得がいかないが仕方ない。

俺の頭を撫《な》でると、入ってきた方とは別の見事な彫刻の入った扉を開く。隣は広い居間になっており、並んだソファも暖炉も大きくて居心地がよい。大きな窓からは、そのまま広々としたバルコニーへ出られる。

まっすぐ部屋を通り抜け、彼がもう一枚ドアを開いて中を俺へ見せる。居間を挟んだ向こうは彼の私室らしく、俺が寝ていたものより三倍くらい広くて立派なベッドもあった。

彼は俺を居間のソファへ座らせると、同じ部屋に机を持ち込ませ、仕事を始めた。わざわざ机や書類棚を運んでいる人たちがいたから、いつもそこで仕事をしているわけではないらしい。

彼は書類にちょろちょろと書き込みをしながら、机の前に立つ役人っぽい人の話を聞いている。二つのことを同時進行でこなすなんて、俺にはできない芸当だ。

「デキる男、かっこいい……」

気づけばそばへ寄り、広い背中にぺたりと頰をくっつけていた。仕事中の彼らはもちろん、ピノーとジオもぎょっと慌てて、俺を引き戻す。それからも、おとなしく眺めているつもりが無意識にふらふらと彼の近くに行こうとしてしまうらしく、そのたびにピノーたちに止められた。

彼から視線が離せない。

じっと見つめていると、男の視線もちらちらとこちらに向くのがくすぐったい。嬉しくなって手を振ると、すぐに振り返してくれた。笑顔になるのを我慢しているのか、口元をきゅっと引き結んで真面目な顔をしているのが妙に面白い。そのまま見ていたら、男は一分置きに手を振ってくれ、俺から見てもまったく仕事が進んでいないのが分かった。山ほど書類を持った文官らしき人が渋い顔をしている。

見かねたジオとピノーに、案内がてら宮殿の案内に連れ出されてしまった。

彼らが根気よく身振り手振りで説明してくれたおかげで、日常生活について大体理解することができた。

食事や風呂、不安だったトイレ関係などは、元の世界でいえば田舎暮らしの感覚で、ウォシュレットはないけれど、大きな文化的差異がなくて安心した。部屋数は多くないが、ゆったりとした造りだ。

バルコニーに出ると、涼しく乾燥した風が頬を撫でる。宮殿は高台にあるらしく、遠くまで見渡せた。ここは白く霞んだ山なみに囲まれた盆地のようだ。あちこちに、林や湖、畑が見える。さらに視線を手前に移せば、レンガの建物が並び、たくさんの人で賑わう街並みを見下ろすことができた。

「景色だけなら北欧の山奥のどっかって感じもしなくないけど、これってやっぱ異世界ってやつなのかなぁ……なんか俺、映画の主人公みたいですごいな！　運命の番にも会えたし、空気もうまくてよかった」

目を輝かせ、大きく息を吸う。三角耳もしっぽもびっくりしたけれど、何せ運命の番がいるのだ。これ以上の幸運はない。

ここはすべて鮮やかなタイルが張られた、宮殿と呼ぶのにふさわしい華やかさだ。

バルコニーと反対側の一階にはひさしのある長い渡り廊下があり、石造りの大きな建物へと続いている。忙しそうに行き交う人たちの姿が見えたから、お城のメイン部分はあっちなんだろうと想像する。とりあえずお城の方はむちゃくちゃ広そうだから、うっかり出歩いたら迷子になりそうだ。

居間に戻ると、こちらに気づいた彼の耳がぴんと立ち上がり、下がっていたしっぽもぶんぶん動き出す。

「ただいまー」

当たり前のように彼のところへ行きかけたところで、有能なピノーが俺を引き離す。仕事の邪魔をしちゃいけないいし、ピノーの手を煩わせてはいけないと思ってはいるのだが、無意識に引き寄せられてしまうのだからしょうがない。案の定、お小言らしきことをピノーに言われる。

「ナントカ××、××××」

こんなやり取りをしているうちに、言葉の頭に『ナントカ』が毎回付く理由がようやく分かった。どうやら俺の名前だと思っているらしい。

そういえば最初、言葉は通じないものの まだ楽観的だった俺は、『なんとか大丈夫』とか『なんとかやっていけそう』みたいなことを言った気がする。それを自己紹介だと思ったようだ。

「紀里也だってば俺！　紀里也！」

強く言ってみると、難しい顔で書類を携える文官の人も含め、その場にいる全員が戸惑いつつもパラパラと拍手する。なぜこのタイミングでと、皆で首を傾げてしまった。

「だめだ。名前を言うとなんでかホメられる」

自分がとても図々しいことを要求した気がしていたたまれない。当分名前は諦めるしかなさそうだ。

さあお勉強しましょうとばかりにソファに促され、ピノーとジオに挟まれる。彼はこの国で一番偉いのだから仕事の邪魔をするな、といった感じのことを説明された。運命の番の男は王様ってことで間違いなさそうだ。

次に彼らは言葉を教えようとしたが、発音が難しすぎて憶えられる気がしない。真似をしようとしてもほぼ再現できず、二人を困惑させた。

王様の名前だというメルヒオールだけは必死に憶えたが、これも実際は細かな子音が交ざり、俺が発音するとカタコトになってしまう。メルと略した方がまだ聞き取ってもらえるようだった。

その後も二人による言語学習はまったくはかどらなかった。メルヒオールは昼前に迎えに来た家来らしき人に連れられ、渋々どこかへ行ってしまった。

「そばにいてくれないのか。そりゃずっと一緒は無理だろうけどさ」

うなじを噛んで番ってしまえば、寂しく感じないのかもしれない。けれど、いつそうしてくれるのか分からないし、それどころか抱きつくことさえダメなようだから、先は長そうだ。

「俺の番じゃないのかよ……」

誰にも聞いてもらえない愚痴《ぐち》を一人つぶやく。長々とため息をつき、肩を落とした。

その後、食堂で昼食を出してもらった。ナンみたいな薄焼きのパンと焼いた野菜、小さな川魚を揚《あ》げたものや塩気の強いチーズ、それと発酵《はっこう》した干し肉の加工品っぽいものも出た。納豆の匂いと馴染みのある糸を引く、干し肉を小さく角切りにしたものだ。納豆は苦手なので、それ以外をありがたくいただく。

食事はおいしいし、ピノーたちはあれこれ面倒を見てくれるけれど、一人で食べるのはちょっと寂しかった。

午後、同じ建物内にある風呂場で汗を流すことができた。いい匂いのするせっけんで髪も洗え、すっきりする。

風呂から上がると、それまで着ていた服や下着は片付けられ、新しい着替えが用意してあった。

頭からかぶる服のほかに、紐《ひも》の付いたやけにきれいな小さい布が出されたが、よく分からなかったので、服だけ取り換える。

「これ、下着なのかな……。それとも帽子？」

持て余した小さな布は、薄い布に金や銀の糸が縫《ぬ》い込まれ、陽の光にかざすときらきら光った。紐も付いているし、炊事場で布を頭に巻いている女の人がいたから、帽子の可能性も捨てきれない。

これをピノーに見せて着せてくれとジェスチャーすれば、穿《は》かせるかかぶせるかしてくれるだろう。しかし下着だった場合、下半身をピノーへ丸出しにしなければならない。無理してひとりで穿いて、実は頭にかぶるものだったりしたら、それはそれで恥ずかしい。

「替えのパンツがないってことは下着？　母さんが、昔の女の人は下着を着けなかったからって、いつもパンツ穿いてなかったけど、この世界の人もパンツ穿かないのかな？　しっぽあるし、その可能性もあるよなぁ。既婚者はこれを頭に巻くルールとか……ダメだ、分かんない」

迷った末、気づかぬふりをしてスルーしてしまうことにした。

ノーパンも慣れてしまえば快適だ。

陽が沈むと一気に気温が下がった。寒さに鳥肌を立てていると、ピノーが暖炉に火をつけてくれた。驚いたことに、ここでは宝石で火をつけるらしい。

「何それ？　この石、ライターになるの？」

近くに寄って覗き込むと、ローズクォーツに似た薄いピンクの石だ。ピノーの手がテーブルの上のろうそくに同じ石を近づける。芯に触れたと同時に火がついた。

「すごーい！　手品みたい！」

俺が感心すると、石を手渡してくれる。俺も見よう見真似で別のろうそくに石を触れさせてみたが、何も起こらなかった。

「なんだ……俺にはできないんじゃん」

こちらの世界に来ても、不器用な性分は変わらないのかもしれない。しょんぼりしていると、ピノーは俺の背中を撫で、励ましてくれる。

思いやりのある手つきに鼻がツンとした。色々あって昂っていた緊張の糸がぷつんと切れたみたいだ。

「優しくしてくれてありがと」

がばりと抱きつき、感謝する。ピノーもそっと抱き返してくれて、気持ちだけはちゃんと伝えられた気がした。

夕食はパンと、なんの肉か分からないけれどビーフジャーキーがおはぎみたいな大きさになっているやつがどんと出た。おはぎ肉は薄切りにしてもらう。食べ物がうまいのは何よりだけど、またもや一緒に食べる人のいない夕食は寂しかった。しかし、星が瞬き始めたころ、メルヒオールが顔を見せてくれた。

「メル！　やっと来てくれた！」

飛びつこうとする俺を、ピノーたちがすっかり慣れた動作で押し止める。やっぱり王様にいきなり飛びつくのは失礼ということなんだろう。

俺なりに考え、王様が座ったソファの近くの床に腰を下ろしたら、それはそれでピノーとジオが青い顔をして俺を立ち上がらせ、彼の隣に座らせてくれた。

ジオが床に片膝をつき、王様に何か報告している。ちらちらと俺へ視線を向けているから、俺についての報告のようだ。最後に残念そうに頭を振っているのは、言葉を憶える能力がゼロに等しいから、頭のデキは期待できないとでも言っているに違いない。

ちょっとした居心地の悪さを感じつつも、俺の視線はメルヒオールに釘付けだ。

——そんなことより、俺があなたの運命の番だって分かってる？

「メル？」

いかめしい顔を見上げ、名前を呼ぶ。メルヒオールの眉間にぐっと皺が寄った。王様の名前を呼び捨てにするなんて、怒らせてしまっただろうか。でも敬称らしきフレーズは分からないのだから、俺にはこれが精いっぱいだ。不安になっていると、メルヒオールはピノーとジオに何か指示し、二人を部屋から出してしまった。

「ナントカ、××××××」

メルヒオールはそれまでのしかめっ面から一転して優しい顔になると、俺を膝の上に乗せ、抱きしめてくれる。

「やっぱり、メルも分かってるよな！　この世界でも、運命の番の存在は一緒だよな！」

金髪の下の太い首に手をまわし、首筋に顔を埋める。甘さと汗の混じった匂いにうっとりする。夢にまで見た運命の番と出会え、改めて喜びで胸いっぱいになった。

「やっと二人きりになれたね。早く番になろうよ」

とろんとしたまなざしで、明るい金の瞳を覗き込む。今度こそキスしてもいいよねとつぶやくと、応えるようにまわされた腕に力がこもった。そのまま唇を合わせ、互いに舌を絡ませる。

うっとりしながら、夢中になって舌をすすり合う。はぁっと濡れたため息とともに唇を離すと、正気に返ったメルヒオールに胸を押され、距離を取られた。

「え？　何？　またダメなの？」

首を傾げると、彼は焦った様子でぶつぶつと何かしゃべり、首を振る。二度も拒否されたことがショックで、涙が込み上げる。堪えようとして顔を歪めると、メルヒオールがまたよく分からない言葉をしゃべり、俺を強く抱きしめてくれた。

――嫌われてるわけじゃないみたいだけど、いまは俺を受け入れられないってこと？　婚前交渉否定派かよ。もう、じれったいな！

拒否された悲しみと苛立たしさで、口を尖らす。メルヒオールを見つめると、身体をさすってなだめてくれた。タコのできた手のひらは皮膚が硬くてガサガサしているが、俺よりずっと温かくて、触れられるだけで気持ちいい。

膝からずり落ちそうになっていた俺を、メルヒオールが抱え直す。抱き上げるために尻にまわった手が、ふと止まった。直後、尻を執拗《しつよう》に撫でまわされる。

「キスはダメでも尻を揉むのはアリなわけ？」

やはり異世界ルールを理解するのは難しい。手を止めた王様は眉じりを下げると、ドアへ向けて声をかけた。

すぐにジオたちが現れる。メルヒオールの言葉を聞くと焦った顔をし、どこかへ消えた。しばらくすると、俺が風呂上がりに放置していた、見覚えのある小さな布を手にして戻ってくる。ジオはどうすべきか迷っているのか、おろおろしている。しびれをきらしたピノーがその布をジオから奪うと、俺へ差し出した。

布地を受け取り、メルヒオールを見上げる。彼も困惑した様子だ。

試しに頭にあてがうと、三人そろって首を横に振られた。

「これはやっぱりこの世界のパンツ、下着ってことか」

今度は摑んだ布地を股間に当てる。その場にいた全員がうなずいた。

あのとき恥ずかしがらずにピノーに聞けばよかったと後悔したが、常識の違う世界なのだから、いちいち失敗を気にしていてはキリがない。分からなければ、穿かせてもらえばいいだけだ。

人様にプライベートな部分をさらけ出すのは抵抗があるが、気にしている方がかえって恥ずかしい気もする。

——ここの常識では、使用人とか召し使いとかそういう人に服を着せてもらって当たり前なのかもしれないし。

一人に見られて済むはずが三倍になるなんて、さすがの俺もちょっと落ち込む。だが、穿けというなら穿いてやろうと腹を決め、メルヒオールの膝から立ち上がる。

ピノーに下着を手渡すとその前に立ち、ワンピース風の服の裾を勢いよくたくし上げた。

「えいっ！」

「××ッ！」

ピノーの目前に股間をさらけ出す。その一瞬後、メルヒオールに腰を抱かれ、引き戻された。数瞬前に眼前にナニを露出されたピノーは呆然としており、メルヒオールは慌てて俺の股ぐらまで服を引き下ろす。

「え？　違うの？」

振り返ると、メルヒオールが額に手を当てて首を振る。大きくため息をつくと、またピノーたちを退室させてしまった。

子どものように腋《わき》を持たれ、立たされる。裾から手を差し込み、王様自ら俺に下着を着けてくれた。大事な部分が見えないように裾は下ろしたまま、器用に紐を俺の腰に結ぶ。

「こうやって穿くのかぁ」

ぺろりと裾をへそまでたくし上げ、尻を突き出し、留め方を確認する。薄い布地はうっすらと俺の黒い茂みを透かし、あまり隠れている気がしないが、そういうものなんだろうと納得することにする。

「×××××、××」

ため息まじりに小言に違いない口調でメルヒオールが何か言葉を口にし、俺がたくし上げた裾を再び下ろして首を大きく振った。

――人前で見せちゃダメって意味なんだろうけど。でも着け方を知らないんだから、しょうがないじゃないか。

ぷうっと頬を膨らませると、メルヒオールはなぜか目じりを下げてデレっとした。凛々しい顔がちょっとカッコ悪くなったが、自分にだけ見せてくれる表情ならば嬉しい気がする。ぎゅっと抱きしめられ、理由は分からないが機嫌は良さそうだ。

——怒ってるのか喜んでるのかよく分かんないな。俺と番になりたそうなくせに、キスは拒否されちゃうし。やっぱり言葉が通じないのって、すごく不便……。

「もうっ、意味分かんない！　全然分かんないよ！」

不満を表そうと、目の前の硬そうな腹筋を軽くぽすっと叩く。王様はやっぱりデレっと目じりを下げ、短い黒髪を撫でたり、この世界の人たちに比べて小さい手を撫でたりさすったりした。薄着にも関わらず体温の高い手は心地良く、手のひらに汗をかくまで、延々と手を握り合ってしまった。

俺の運命の番は、翌日も隣に急ごしらえの執務室を作り、俺から見えるところにいてくれた。しかし、机の上でできる仕事は限られるらしく、度々どこかへ行ってしまう。ついて行こうとすると、ピノーたちに引き留められてしまった。

「話したり抱き合ったりできないんだから、姿ぐらいは見ていたいんだけどな」

俺が寂しいのが伝わるのか、ピノーは何かの植物のお茶や甘い果物を勧めてくれたが、ほとんど口にできなかった。

一人で退屈していると、この世界に来たときに身に着けていたTシャツとジーンズを、ジオが持ってきてくれた。

「これ以外に荷物はなかった？　俺が持ってた荷物はこっちの世界に来なかったのかな？」

ほかにないのかとアピールしたが、首を振られてしまった。一応、ポケットを調べたが何もない。

「抑制剤だけでもあったら良かったんだけど」

周期的にはまだ先だし、番となるメルヒオールがいるので心配はないのかもしれない。しかし、万が一のことを考えると少し不安だ。

「んー、そのときはこの世界の抑制剤的なやつをもらえばいいか」

困ったことがあるのかと心配そうなジオへ、身振り手振りだけで伝えるのは無理そうだ。発情したらすぐに分かってくれるだろうし、そういうとき用の何かがきっとあるはずだ。

手を振って大丈夫だと安心させると、ジオは服の入った木箱をしまってくれた。

昼時になると、庭へ連れ出された。外に出されたテーブルに、山盛りの燻製《くんせい》肉と火の通った野菜、薄く焼いたパンとチーズ、それと珍味らしい納豆干し肉が並べられている。どうやら一緒に食事することになったらしく、メルヒオールが姿を現し、俺を喜ばせた。

多分、いまの季節は夏じゃないかと思う。地球と太陽のような関係性がこの世界でも通じるのか分からないけど、お日様の位置も高いし、陽差しも夏らしい強さで、暑いというほどではないが、日中は肩や足を出した格好でも過ごせる。ただ、陽の高さの割に気温は上がらない。高地か、北海道やカナダみたいな寒い地域の短い夏という感じがぴったりだ。

雲が太陽を遮《さえぎ》ると、風が冷たく感じられる。空を見上げながら首を竦めると、羽織っていた上着の上から、ピノーがもう一枚、厚手のマントを羽織らせてくれた。

メルヒオールたち耳やしっぽのある人間は寒さに強いらしい。素肌に一枚羽織っただけで、平然としている。

俺と同じ（ここでは少数派みたいだけど）普通のヒトであるピノーは、朝夕はやはり寒く感じるのか、厚着をしている。それだけ生物的な差がある、まぁ見た目でもそうなんだけど、やっぱり色々と違うってことだ。

上着を二枚重ねたものの、足元は用意されたサンダルを素足で履いているだけだ。サンダルはここでは一般的な履物のようで、ピノーも素足だ。動けばましなのだろうが、してもらってばかりだと動かないのでなおさら足が冷えた。

茄子《なす》に似た野菜の串焼きを手に取ると、塩の小皿をメルヒオールがそばへ置いてくれる。納豆干し肉も小皿に取ろうとしたのを素早く手で制し、真剣な顔でブンブン首を振って拒否すると、察してテーブルから下げてくれた。

世話を焼いてくれるのは嬉しいけれど、俺の席はなぜか王様の膝の上と決まったらしく、常に抱っこ状態だ。椅子の後ろでは、メルヒオールのしっぽがばさばさと落ち着かないものの、誰も指摘しない。どう見ても大喜び中のくせに、しれっとした顔でジオと会話をしながら食事を進めているのが、なんだか面白くない。人前だし、王様らしい威厳《いげん》を保とうとしているのかもしれない。

飲み物を注ぎ足してくれる給仕係の足にバシバシぶつかっているのを俺がじっと見ていたら、ようやく気づいてしっぽの動きを止めた……がしかし、すぐにまたうずうずと動きだす。

彼のふくらはぎに足を絡め、冷えた足先をくっつける。獣人の体温は高いらしく、暖をとるのにちょうどいい。テーブルの下でちょっとだけ甘えたつもりだ。メルヒオールは知らん顔で黙っているから、許してくれたみたいだ。

「×××、××××」

近くに控えていた侍従らしき人にメルヒオールが声をかける。その人は短く返事をすると、どこかへ行ってしまった。

――仕事の指示か分かんないけど、食事中も忙しそうだなぁ。

メルヒオールはアホかってくらい固いチーズを、スナック菓子のごとくボリボリ齧《かじ》る。顎が痛くないのかと不思議だったが、言葉が通じないので聞きようがない。俺は黙って、小さなチーズの欠片を飴みたいに舐め溶かして食べた。

「×××、×××××」

中庭の隅でしわがれた声が上がる。顔を向けると、見覚えのある老人がいた。すっぽりと身体をローブで覆ったおじいさんは、俺がこっちの世界に来た直後に居合わせていた人物だ。

老人は、食事をとるメルヒオールの前で跪く。その後ろにも、同じように魔術師っぽい人たちが五、六人並んでいる。

――俺がいわゆる異世界トリップ的なことになったのって、ここにいる魔術師みたいな人たちが呼んだのかな？　ってことは、この人たちリアル魔術師？　うわ、すっごい！

物珍しさにしげしげと見つめるなか、老人が数枚の羊皮紙的な紙をメルヒオールに差し出す。

それをメルヒオールは満足そうに受け取り、彼らへ言葉をかける。ねぎらいの言葉なのだろう、一団は青白い顔を上げ、安堵の表情を見せる。

そんな彼らの顔色は悪い。目の下にはくまができているし、足元も（先頭を歩く老人はともかくとして）ヨロヨロしていた。

――若いのにあんなに疲れてるなんて、お城勤めってブラックなのかな……。

隣へ視線を移す。紙を手にした王様はねぎらいの言葉を続けている。次第に口調に熱がこもり、魔術師たち一人一人と握手を交わした。よほど困難で大事な仕事だったようだ。

食後は室内に戻り、二人で食後のお茶を飲んだ。少しは時間があるようだ。しかし、いつまたどこかへ行ってしまうのではないかと、そばにいてくれるのに落ち着かない。

王様が地図を取り出し、国の説明をしてくれた。地図には大きな大陸が一つ書かれ、それがアルファベットのTに似た国境線で三つに分けられている。上部を占めるのが、いまいるこの国らしい。大陸の半分を占める広さだ。

シーウェルトという名前だそうだが、これもやはりうまく発音できなかった。このシーウェルト国の下には二つの国があり、東はアト（これはなんとか真似られた）、西はプーニャという国だ。

「ピノー、×××」

指示を受けたピノーが紙を取り出し、ペンでさらさらと絵を描く。なかなかうまく、狼が走る姿と何匹かのお座りをする犬を描き、狼の方に王冠の絵を描き足す。耳の大きさと牙が特徴的に描き分けられ、分かりやすい。

「シーウェルトは犬耳のひとが多くて、王様は狼ってことか」

シーウェルトの場所を指さしてメルヒオールを見ると、笑顔でうなずいていた。ピノーはプーニャの場所を指し、虎と猫の絵を描き、虎に王冠を描き足した。最後にアトは自分を指さし、小さな棒人間をたくさん描いて、丸で括る。

「アトはヒトがみんなで国をやってるってこと？　それなら俺のいた世界と似てるかも」

そこへ、ドアの外から声がかかる。メルヒオールが応じると、食事中に出ていった、王様の侍従らしき人（もちろん耳あり）が息を切らしながら入ってきた。

小さく折りたたまれた布を受け取ると、彼はそのまま俺へ差し出す。摘まみ上げると、レースのリボンがするりと垂れる。

またパンツ関連かと思ったが、広げると絹《きぬ》でできた長い靴下だった。俺にくれるらしい。俺が知っている絹と同じ光沢と軽さに感動した。

「ありがとう！　すごく欲しかったから嬉しいよ」

感謝を込め、持ってきてくれた侍従へにっこり笑いかけると、メルヒオールはやけに厳しい声で部屋から人払いしてしまった。

座った彼の前に立つよう促される。また何かしでかしてしまったのだろうかと不安になっていると、王様直々に履き方を教えてくれた。

——下着の二の舞を心配してんの？　もう人前で下半身モロ出しなんかしないのに。

とりあえず、気遣いに感謝しようと微笑むと、メルヒオールも眉間の皺を緩めてくれた。

この世界にゴムはないらしく、メルヒオールは長い靴下の布地を太ももまで引き上げ、縫い付けられたリボンを太ももにぐるりと巻いて外側へ結び付けた。

俺に靴下を履かせるときの鼻息が少し荒かったが、気にしないことにする。太ももをガン見するくせに、触れたり揉んだり、ナニしたりする気はないのは昨日キスを断られたので分かっている。俺だって、何度も誘ってそのたびに断られてはさすがに傷つくので、知らんぷりをした。

靴下は通気性もよく、なかなか快適だ。宮殿の中ばかりで過ごしているものの、庭に出ると冷えるのでちょうど良かった。ピノーは履いていなかったから、靴下は高級品なのかもしれない。

——靴下が貴重なのは穴が空きやすいからかな？　それとも、この地域にピノー以外に俺と同じヒトがいないんだとしたら、靴下自体がものすごく珍しいアイテムなのかも。もう少し意思疎通ができるようになったら、ピノー用の靴下も頼みたいな。

次にメルヒオールは、食事中に魔術師たちから提出された紙を取り出した。何かが書きつけられているが、もちろん俺にはさっぱりだ。王様が目の前でそれをたどたどしく読み上げる。

「ヨシヨシ」

そう言って俺の頭を撫でた。俺が首を傾げると、次に頰へ手が伸びる。

「ナントカ、クアイイ……カワイイ」

どこか得意げなメルヒオールが、俺へ微笑みかける。

「ヒイコ……イイコ、イイコ」

ぎゅっと抱きしめられ、彼が発した言葉の意味をやっと理解した。

「もしかして、俺の世界の言葉、調べてくれたの？」

嬉しくて両手を上げ、頭の上で大きな丸を作った。ボディーランゲージは共通のものが多く、ピノーたちとのやり取りも身振りだけでなんとか通じることができている。とくに×○は同じで助かった。

「テテ」

メルヒオールに手をそっと持ち上げられる。恭しく手の甲にキスされた。

なぜか赤ちゃん寄りだが、難しすぎて途方に暮れていた言葉を王様の方から歩み寄ってくれるなんて思いもよらず、感激した。

「メルありがとう！」

抱きつくと、メルヒオールも抱き返してくれる。ほんのちょっとだけど通じ合えたことに感激して、さらにはしゃいでしがみついてしまった。

翌日、朝から宮殿全体がそわそわしているような気がした。渡り廊下でつながるお城の方も、大きな荷物を抱えた人たちが、右へ左へ忙しそうに行き交っているのが見えた。

いつもと違う空気の理由は、午後にものすごい数の衣装とともに顔を出したピノーによって、明らかになった。やけにひらひらした服を何着も試させ、ようやく決めると、キラキラの首飾りやイヤリングでもって俺を飾り立て始めたからだ。

「オシャレしまくるのは、たくさんの人に見られるからだよな……？　俺のお披露目的な？　まさか結婚式？　こっちの常識が分かんないから、もう流される以外に選択肢はないんだけど……」

こんなときこそメルヒオールが一緒にいてくれたらと思うが、夕方まで姿を見せず、それまで俺は不安な気持ちのまま過ごさねばならなかった。

§　§　§

我が番は、かわいい。特に意味はないが繰り返させてほしい。かわいくてかわいくて、かわいいのだ！

しかも今夜は、華奢な身体を美しいドレスが包んでいる。

「そなたの美しさの前ではどんな花も霞む」

微笑みかければ、心底嬉しそうに彼が微笑み返す。やはり我々の相思相愛は疑いようがないと確信する。

こうしているいまも胸の中では彼を求める気持ちでいっぱいだ。彼から離れるとそわそわと落ち着きがなくなってしまうが、ようやく少し慣れてきた。痛みに慣れるのに似た苦しさがあるが、今日の儀式を済ませれば落ち着くだろう。

この胸の痛みが恋をするということならば、恋は今夜成就する。苦しみは幸福感に変わるだろう。

日が沈むころ、城内にある祖先を祀る廟《びょう》で結婚の誓いを立てた。妻となった彼は無言で立ったままだったが、代わりに私が二人分誓った。

あとは披露目の宴《うたげ》を終えれば、ついに彼と契ることができる。夜更けまで行われる宴が煩わしいものの、堪えねばならない。衆目に晒したくはないが、彼の地位と安全のために我が番だと周知させることは重要だ。

「待たせたな。この披露目を終えれば我らは夫婦だ」

言葉の通じない我が番は軽く首を傾げ、小さく口を開けてきょとんと私を見上げる。

その表情のあまりのかわいらしさに、廟の前で足が止まった。儀式に立ち会った者たちが不思議そうに足を止める。

「ジオ、まだ抱きしめてはならないのか」

「人目がございますし、すぐに宴が始まるお時間です」

侍従として正装したジオが頭を下げて答える。

思わずグルルと鳴った唸り声を嚙み殺す。私の苛立ちを察し、儀式の関係者たちが速やかに退出していく。よし、人目がなくなった。

「……一瞬ならいいだろう？」

「宴のあとになされませ」

若いが有能なジオはそっけなく首を振る。

本来ならば結婚の披露目を終えるまでは、二人きりで会うことさえ禁じられている。王として人々の上に立つ私は、感情も含め己を律することに長けている。その私が、うっかり抱き締めた上に接吻《せっぷん》してしまったほど、彼といると平静ではいられない。

そばに四六時中いたくて、互いの寝室の間にある居間に執務机を置いたが、王としての仕事は机上でできることばかりではない。時間を作って会いに行くものの、まったくもって足りない。

「オメガというものは、これほどまでにかわいいものなのか。それとも我が番が特別かわいいのだろうか」

「陛下、宴の会場へ向かわれるお時間です」

「ピノーの見立てたドレスは美しいが、また下着を穿いていないなんてことはないだろうな？　たくさんの招待者たちの前でもし転んだらどうする？　万が一、下着を穿いていなかったら、私は目撃者たちの目をつぶし――」

「問題ございません。どうぞ、そろそろ広間へ」

思わず語気が荒くなった私をなだめるように、廟の外で待っていたピノーが穏やかに回答する。

「直接確認したのか？」

「直視してはならぬと陛下よりご命令がありましたので、見ておりません」

「そういえばそうだった。では我が番が確かに下着を着けたか確認したわけではないのだな？」

困り顔のピノーに、ジオが助け舟を出す。

「先日、湯殿係を一名増やし、下着を穿いたかさりげなく見届ける担当者をつけました。担当者より無事にお召しになったと報告が上がってきております。では陛下、会場で皆さまがお待ちです」

「そうか」

やっと納得し、我が番の手を引いて大広間へ向かう。我らが姿を現すと、万雷の拍手で迎えられた。

広間は宴に招待された者たちで埋まっている。テーブルの上にはそれぞれ金の燭台《しょくだい》がずらりと並び、テーブルを埋め尽くす料理も華やかだ。数百人の視線はすべて、並び立つ我らへ向けられている。

我が番がたくさんの者たちに囲まれるのは、魔術での異世界召喚以来だ。彼の緊張がつないだ手から伝わってくる。力を込めて握り返し、集まった者たちへ高らかに宣言した。

「シーウェルトの民よ。私は番を得た。彼を妃として迎え入れる。異世界から彼を招くことができたのも、シーウェルト国民、皆の力のおかげだ。お前たちの尽力に応えるためにも、重要なことを述べさせてもらいたい」

つないでいた手を彼の背へまわし、ぐっと引き寄せる。

会場が緊張に包まれる。犬たちが耳をぴんと立て、一言一句漏らすまいとしているのがよく見える。獣の耳は遠くの音を拾うことに長けている。広間の隅にいる者も、私の言葉がはっきり届いているはずだ。

視線を手前に戻す。本来ならば、最前列に用意されるべき王族たちの席はない。

代わりにいるのは、王族嫌いのサイラスだ。彼は豹《ひょう》の獣人の一族で、私を産んですぐに亡くなった母の兄にあたる。

王はアルファの狼獣人のみと定められているこの国では、王の伯父であろうと形式上王家から男爵位を付与されるのみだ。サイラスは男爵位もそれに付随する領地も断り、商人として自身の生計を立てる変わり者でもある。

王族が嫌いらしく滅多に王城に近寄らないせいか、王位につくまで顔を合わせたことがなかったが、その振る舞いは上品と言いがたい。今日も不満そうな渋い顔をしているものの、唯一の近親者なので出席してくれたようだ。

この国ではたとえ王の子であっても、狼獣人でなければ王族とは認められない。

そして、この広間に狼は私だけだ。広間どころかこの国、この大陸、この世界のどこにも私以外の狼はいない。

狼の絶滅は王族の血が絶えることにほかならない。これこそ我が国が直面している問題であり、それを乗り越えさせてくれるのは、私のかたわらに立つ彼なのだ。

「我が番はこの国の未来を照らす光となる。光の美しさに目がくらむ者がいるかもしれない。だからこそ、お前たちに忠告しよう。いかなる忠臣であろうと、我が妃に色目を使ったが最後、次の朝陽は見られないと思え。そのうえで妃と視線を合わせるならば、覚悟せよ。この国の未来を左右するのだ。お前たちの忠心を無駄にせぬためにも、重々承知しておくように」

集まった人々が一斉に目を見開き、眉を上げて驚く。隣り合う者と困惑の視線を交わす者もいた。

動揺しているのだろう。人々のしっぽがバサバサと落ち着きなく揺れている。早速、我が番に見惚

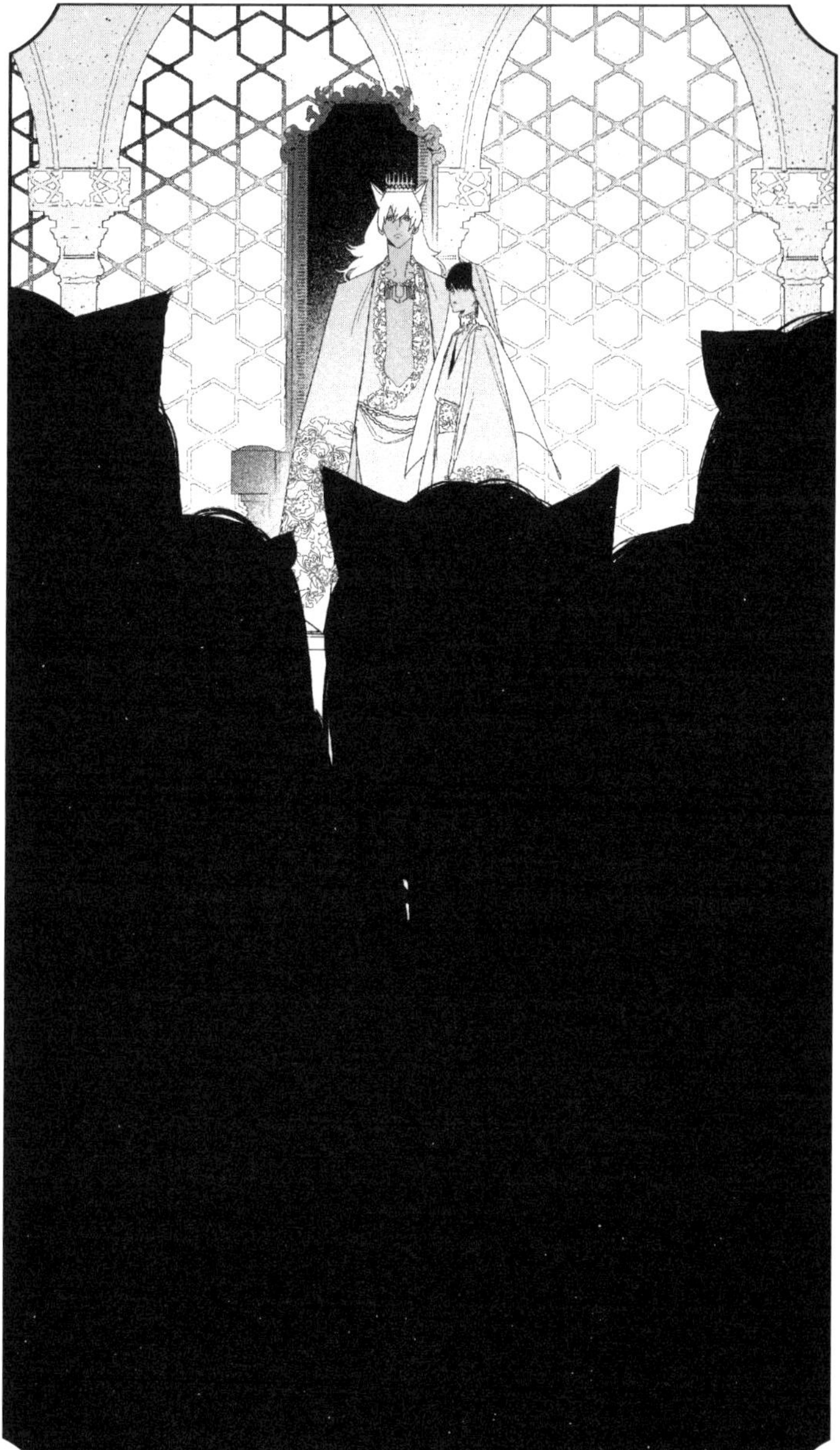

れた不届き者がいるらしい。

妃となった彼が私を不思議そうに見上げている。その姿を見ただけで、何人もの獣人が自分に恋してしまったことを知らないのだ。夫として全力で守らねばと固く胸に誓う。

「シーウェルトの繁栄に！」

グラスを手に取り、高く掲げる。一瞬の静寂ののち、同じ言葉が復唱され、盛大な拍手が起こる。拍手をする際の掛け声である、『キリヤ』の声があちこちで上がった。

拍手に驚いたのか、我が番は驚いた顔で瞬きをし、小声で何かつぶやいていた。

貴族の代表者や、軍や行政部の各長官たちがひと通り祝辞を述べ終えると、歓談へ移る。始まりこそ厳かな雰囲気だったが、しばらくして人々の頬に赤みが差し始めると、宴らしい賑やかさが会場を包んだ。

祝福の言葉を伝えに来た貴族や領主たちが、次々と私の前に列をなす。そこへ聞えよがしな声が響く。

「おのおの方！　オメガ様を麗しいとほめそやしても無駄ですぞ！　王族は我らと違う！　オメガでさえあれば、お好みも何もないのです。バース性以外はすべて些末なことなのですよ。その執念には頭が上がりません！」

見れば、伯父のサイラスが列の脇で杯片手に何かわめいている。そっぽを向いているものの、私に聞かせようとしているのは明らかだ。列のなかの誰かがとがめたのだろう。サイラスの声はさらに大きくなる。

「いやいや、陛下に申し上げているのではない！　貴族でも王族でもない、ただの平民が陛下へ直接お声をかけるなど畏れ多い！　ただの平民のたわごとだ。陛下ともあろう方が、俺のような愚民の言葉を気にするはずがないだろう！」

　宴が始まったばかりだというのに、サイラスの足はふらつき、すでに泥酔しているようだ。

「先王陛下はベータの麗しいご愛妾様を幾人も囲っていらっしゃったが、誰一人お孕《はら》みにならなかった。唯一の例外はかどわかし同然に連れてきたオメガ、俺の妹だけ。狼の王族はオメガしか孕ませられない呪い――おっと違った。呪いではなく、高貴な血筋である証しでしたな」

　後ろに控える警護の者がサイラスを摘まみ出そうとするのを制する。この伯父の王族嫌いには慣れている。

「サイラス、王城へ滅多に近寄らぬお前が出席してくれるとは嬉しいぞ。是非、帰りに母が眠る霊《れい》廟《びょう》へ寄ってもらいたい」

「素晴らしい！　機転の利くお方だ。霊廟へ行かせ、体よく宴から追い出そうというのですな」

「そんなつもりで言ったのではない。宴は最後まで楽しんでいってもらいたい」

「もったいないお言葉、ありがとうございます」

　わざとらしく慇懃《いんぎん》無礼《ぶれい》に深々と頭を下げる。サイラスは杯から酒をこぼしながら去っていった。途中で立ち止まり、私の隣席をちらりと見る。自身の妹のことを思い出しているのか、そのまなざしは悲しげだ。

　私の伯父でありながら平民である彼の立場は微妙なものだ。周囲は疎ましげな顔をするが、私はこの困った伯父を憎めない。私を産んだことで彼の妹が死んでしまったのを、いまも悲しんでいるのが分かるからだ。

　面倒が去ってくれたとばかりに、再び祝辞を述べに来た者たちの列が動く。私も気を取り直し、彼らへ鷹揚《おうよう》に微笑みを向けた。

王の務めは多い。直接私へ話しかけられる地位の者たちは限られている。異世界召喚のために尽力してくれた者たちへねぎらいの言葉をかけ、気を配ってやらねばならない。ひと通り会場を回り終えれば、隣で退屈そうにしている我が妃へ話しかける時間もできるだろう。

切れ目なく対応するうちに、いつのまにか妃の席は空になっていた。

§　§　§

「ヒマだ……」

初めこそ見慣れぬアレコレにきょろきょろしていたが、会話のできない俺は誰とも話せず、宴の観察もすぐに飽きてしまった。目の前に並べられた料理もあらかた手をつけ、空の皿がほとんどだ。

メルヒオールは初めこそ隣に座っていたものの、ちょっと席を立ったところで宴の客たちから囲まれてしまい、なかなか戻ってこない。周りも着席している人より、立ってグラスを傾け合う人が増えていた。無礼講ということなのかもしれない。

無礼講へ移ったことで、自分へ向けられる視線が増えたのに気づく。目が合うと、彼らはぎこちなく視線を外した。バリアでも張られたみたいに、近寄りもしない。

唯一、黄色に黒ブチ柄の豹の耳を持った男が、ひどく酔った様子でふらふらとこちらへ近づいてくる。後ろに控えていた護衛っぽい人が、脇へ進み出る。さっき何か騒動を起こしていた人だから威嚇《いかく》しているのかもしれない。

会話の内容は分からなくとも、周囲の表情を見れば、鼻摘まみ者な存在だと伝わってきた。立ち去るときに、みんなが直視したがらない俺へ視線を向けていたのが印象的だった。しかも俺が食べていた皿を見て、なぜだかはっとした顔をしていた。

俺が何かマナー違反とか、この世界で変だと受け取られることをしていたのかもしれない。そうだとしてもバカにした表情ではなかったから、あまり悪い人ではない気がする。

護衛に睨みつけられても、豹の獣人は平然と正面へ立った。男の手には小皿がある。自分が使った皿なのか、ちょっと汚れている。使用済みの皿をなんで持っているのか、深まる謎にヒマな俺の興味が集まる。

男は唯一残してしまった納豆干し肉の皿を手に取り、黙ったまま自分の空のそれを代わりに置く。

――これって苦手な給食をともだちに食べてもらう的なヤツ？

豹の男に目を遣れば、物言いたげな顔で俺を見ていた。

「……ありがと」

気を利かせてくれたようなので一応礼を言うと、なぜか目を潤ませ、自席へ帰っていった。

これを食べられないのって、泣くほどかわいそうなことなんだろうか。あの人に不憫《ふびん》がられるなんて、よっぽどなのかもしれない。絡まれなかったのは幸いだったが、彼の反応はさっぱり理解できない。

「はぁ……なんなんだよ……」

会場は五百人近い出席者で賑わっている。しかし、人々を見渡しても王様のほかに狼の耳を生やした者はいない。てっきり、王様のお母さんとか親族に引き合わされるのだと緊張していたのだが、気が抜けてしまった。

ちなみに俺やピノーのようなヒトも見当たらなかった。バース性もベータばかりで、オメガもアルファも自分たちだけに見える。

元の世界ではこれだけ人がいれば、もう二、三人オメガがいてもおかしくない。アルファならオメガの五倍はいるのが普通だった。この世界も同じかどうかは分からないけれど、それにしても少なく感じる。

何度か無意識に立ち上がり、メルヒオールのそばに行こうとしてしまう。そのたびに注目を集めて正気に戻り、すごすごと戻ってはまた座るのを繰り返した。

宴の初めに見えていた夕陽は沈み、テーブルに置かれたろうそくの明かりや、オイルランプが室内を照らす。大きく取られた窓からは、見慣れたものよりかなり小振りな月が見えた。

――そういえば、キリヤってこっちじゃ拍手って意味だったのか。

どうりで何度言っても通じなかったわけだ。同様に、自分が当然に思っていたことがこちらでは違う可能性もあるのだと思い至る。

――俺、この世界でほんとにメルと番っていいんだよな？　忙しいメルはいつも一緒にいてくれるわけじゃないのに、子どもが生まれたらどうなるんだろう……。

子どもの育て方や、この世界でありがちな病気や薬、そういうものを身振り手振りだけで知ったり、子どもに伝えたりしていくのは難しい。

ぼんやりしているうちに、窓から見えていた月の位置が変わったのに気づく。長時間座り続け、そろそろ尻が痛くなってきた。隣の席は空いたままで、一人きりだ。忙しいのは分かるけど、ほんの短い時間でもいいから戻ってきてもらいたかった。

何度目かのため息をつく。このままではもっと落ち込んでしまいそうだ。

自分の知っている披露宴は二時間くらいで終わっていた。体感だけれど二、三時間は経っている気がするから、これは二次会とかそういうノリに移ったんじゃないかと想像する。

「よし、やめた」

不意に思い立ち、席を立つ。周囲にいた人々がぎょっとしていたが、無理やりこちらを見ないようにしているのか、目線をわざとらしくそらす。そんな感じにもうんざりで、限界だった。

「帰る！」

あたりを見まわすが、宴の前の神前式っぽいやつのときは側にいてくれたピノーとジオも、いまは姿が見えない。離れた場所に見覚えのある大きな背中が見える。気づいてくれないかと期待し、しばらく見つめていたが諦めた。振り向かない背中から視線を外し、俺は一人で宮殿に戻ることにした。


この広間が俺のいた宮殿から距離があるのは、ここまで歩いた時間の長さで分かっていたが、帰る方向がさっぱり分からない。見知った建物を探そうと、見晴らしのよさそうな庭に進む。ぐるりと周囲を見渡すが、まったく見当がつかない。

「こっちじゃないのかな。試しに逆の方向に行ってみるか」

踵《きびす》を返すと、行く手を五人の若い男たちに遮られた。皆、宴に呼ばれた出席者らしく身なりが良い。働き通しの給仕係たちに比べ、酒に酔った彼らの表情はだらしなく緩み、へらへらと笑い感じが悪い。立ち姿もゆらゆらと定まっていなかった。

こんな集団がさっきの広間にいたら目立ちそうなものだ。もしかしたら宴に遅れてきたか、あの広間には席が用意されていない人たちなのかもしれないと思う。

「もしかして俺、絡まれてる？　うわー、異世界にもこういう馬鹿ボンボン？　親のすねかじり感あふれてる奴っているんだな」

変なところで感心したものの、関わりたくないタイプだ。しかし、一つだけ気を引かれるものがあった。盗み見ることなく、俺の顔をまっすぐ見てくるのだ。

――さっきのおじさんといい、クセのあるタイプに好かれるみたいだな俺。

あまりに暇だったため、ちょっと喜んでしまう。放置されすぎたせいか、ケンカを売られるかもと思っても、わくわくしてくるから不思議だ。

一体何を仕掛けてくれるのかと、どきどきしながら見つめると、彼らの頬がポッと赤らむ。仲間内で脇腹をつつき合ってひとしきりわちゃわちゃしているのを我慢して待つこと数分。彼らの真ん中に立つ男が、ワインに似た味のするアルコールが入ったグラスを指さす。

「テモテモ、テ・モ・テ・モ」

ゆっくりと丁寧に発音してくれたのと、いままで聞いたなかで一番シンプルな発音だったため、俺にも聞き取れた。

真似てみろというようにグラスを差し出し、再び連呼しては首を傾げてくる。俺に言葉を教えようとするピノーやジオたちと同じしぐさだ。

――まさかまさかの、ただ親切に話しかけてくれてるだけ？　顔がヘラヘラして見えるのはもしかして生まれつき？　うーん、見た目で判断していいのか、よく分かんないな。

元々緩んだ顔つきなのだとしたら、俺に優しくしてくれているだけかもしれない。試しに真似てみる。

「てもても」

俺の言葉に、彼らが一層ニヤニヤ笑う。めちゃくちゃ楽しいらしく、しっぽがぶんぶん左右に振れている。彼らは指で丸を作って俺へ示し、よくできたと褒めてくれた。

――感じ悪いけど喜んでるみたいだし、もう少しだけ付き合ってみようかな。

笑いが収まると、次はひと言増えた。

「テモテモ、クシャンタ。ク、シャ、ン、タ」

そう言ってワインをこちらへ近づける。またもや分かりやすく発音してくれる。その親切さに、ヘラヘラしているだなんて思ってしまったことを申し訳なく思う。誰より言葉を教えるセンスがあるスゴイ奴だと、男たちを見直した。

次はきっと、ワインくださいという意味なんだろうとあたりをつける。

「てもても、くしゃんた。テモテモ、クシャンタ？」

素直に繰り返す。途端に彼らはさらに頬を紅潮《こうちょう》させ、むふんと酒臭い息を吐く。次にはっと我に返ると、仲間内にアピールするようなわざとらしい笑い声を上げた。ことさら悪い顔で不自然な爆笑が上がる。そこでやっと自分が馬鹿にされたと理解した。

「××ッ！　×××××！」

低く厳しい声が響く。聞き覚えのある声に、思わず笑みが浮かんだ。声のする方を見れば、男たちを睨みつけるメルヒオールがいた。王様の威厳溢れる姿は、見惚れるほどかっこいい。ふさふさの金色のしっぽは、斜め上にぴーんと伸ばされている。

叱られた五人の耳は伏せられ、うなだれる。彼らが言い訳っぽい何かを言うと、メルヒオールが不敵な笑みを作って、聞いたことのない低い声でつぶやいた。それを聞いた彼らは、ぶるりと身を震わせる。五人は青ざめた顔で一礼すると、しっぽをくるりと足の間へ丸め入れ、逃げ出していく。

それをメルヒオールは怖い顔で見遣る。苛立たしげにしっぽが上下に振られ、ときおり芝生をピシリと打った。こちらを振り返っても、表情は硬いままだ。

――勝手に離れたから、俺のこと怒ってる？　でも先に離れて、全然戻ってこなかったのはそっちなのに……。

いじけた俺は肩を落とし、唇をむすりと突き出す。頭の上で大きなため息が聞こえた。顔を上げると、困惑顔の彼が俺に何か言っている。

独り言にも見えるそれを話し終えると、小声で「テモテモ」と言って、自分の股間をこっそり指さした。次に「クシャンタ」という言葉とともに、俺の手を股間へ引き寄せようとする。もちろん途中で止めてくれたけれど、それだけで意味は充分伝わった。

「うわ、やっぱあいつら最低……」

さっきの五人に『ちんちん欲しい』的な下ネタを言わされたのだと知り、悔しいやら恥ずかしいやらで、赤面するしかなかった。

その一件で思うところがあったのか、そのまま二人で宴を抜け出した。

手を引かれて向かったのは、メルヒオールの寝室だ。

メルヒオールは先日魔術師たちから受け取った紙を手にし、ほんの数十秒、目を通し直す。満足そうにうなずくと俺をベッドに座らせ、難問に挑むような顔つきで口づけをした。

——すごい気合入ってる。やっぱこれってアレだよね？　そうなるよねぇ……。

案の定、初夜が始まった。

合わせられた唇はそっと触れただけだった。離れていく唇をつい追いかけそうになり、前傾しかけた身体を押し止める。その先を考え、ふと不安が押し寄せた。

——世界が違うってことはエッチの常識も違ったりすんのかな？　前戯がない国だったら、どうしよ。痛いのヤなんだけど。

万が一の場合は、童貞処女の自分が前戯の文化を教えるしかない。王様相手にそんなリードをかませる余裕があるだろうかと悩んでいるうちに、メルヒオールが緊張した面持ちで潔く服を脱ぎ、下着一枚になる。

張りのある筋肉が厚く身体を覆い、浅黒い肌から運命の番を証拠づける甘い香りが漂った。甘い香りのなかに、メルヒオールの汗の香りがするのがたまらない。思わずこくりと唾を飲み込む。

目の前に運命の番がいるのだ。本能では番いたいし、うなじを噛んでもらいたい。けれど、その先が俺には何も見えない。

——この世界にもバース性はあるよね？　俺が妊娠したら、男のくせに孕んだってぎょっとしたりしない？　俺とメル以外はみんなベータばっかりだから、自分がいた世界と常識が違うんじゃないかって心配なんだ。

メルヒオールの長い指が俺の上着に手を掛け、するりと脱がす。丈の長い衣一枚の下は下着だけだ。

裾をまくり上げようとする手から、身体を捩って逃げる。まだ心の準備ができていない。

「ナントカ」

低く優しい声は素敵だけれど、つぶやく言葉は間が抜けている。名前さえ知ってもらえていないのに、この先に進んでいいとは思えなかった。

「ここまできて拒否ったら、怒るよね？　お城の外に放り出されたら、笑えないんだけど」

笑いたいのに笑えない。言葉のできない異世界人の俺にとって、追い出されるのは生死に関わる。

「俺、もっと毎日メルと一緒にいたいよ。どんなときだって離れたくないんだよ。なかなか会えないし、寂しくて不安なんだ。こういうの、どうすれば伝わる？」

気持ちを知ってほしいし、相手の気持ちも欲しい。ままならないじれったさで胸がつまり、瞳を潤ませる。

メルヒオールの指が頬にそっと触れた。口説こうにも言葉が通じないのはさすがの王様もお手上げらしく、困ったように微笑まれる。

——そういう顔も色っぽいから、流されちゃいそうなんだけど……。

後先考えず、飛び込んでしまいたい誘惑に駆られる。逡巡《しゅんじゅん》する俺へ、メルヒオールは驚くべき言葉を発した。

「ナントカ、ぱんつ、ぬぎぬぎ」

「……は？」

さっき熱心に見ていたのは、俺がいた世界の語彙《ごい》一覧だったらしい。しかし、どう好意的に考えても幼児語だ。魔術師たちの思惑は知らないが、逡巡を絶つには充分だった。

「ぬぎぬぎ」

お前の服を脱がしてやろう、と言っているかのようなキメ顔で、王様はベッドへ乗り上げ、迫ってくる。事前に練習したのか、なめらかな発音なのが腹立たしい。

「ぱんつダメ！」

勝手に脱がせるなと怒りを込め、少しでも離れようと後ろへずり下がる。

「イタイのナイナイ、コワイのナイナイ」

心配するな大事にする的なことなんだろうけれど、幼児言葉が男前さを台無しにしている。

「ダメったらダメ！」

「おくち、アーン。ぺろぺろ、ナントカ、ウレシイ」

一発でお前をその気にさせるキスをしてやろう、みたいなことを言っているに違いない色気を漂わせられても、俺の決心は揺るがない。

「ペロペロ、イヤイヤ！　もうっ、幼児語にいちいち変換してられるか！　触んな、やめろ！」

言葉よりハートだと、鼻に皺を寄せ、全力で嫌悪感を表現した。

メルヒオールもまた言葉よりハート路線に切り替えたのか、幼児語をやめ、雰囲気たっぷりにこちらの世界の言葉で意味不明な何かを囁《ささや》く。滾った股間を握らされ、愛の言葉っぽいことを耳元でつぶやかれても、ＮＯにいったん振りきれてしまった俺は嫌で嫌でしょうがない。

「テモテモ、クシャンタ、ナイナイだから‼」

摑まれた手を振りほどき、馬鹿ボンボンどものおかげで憶えたろくでもない単語を言い放つ。

これにはやる気に満ち溢れた王様の自信も打ち砕かれたようで、分かりやすくガクリと肩を落とし諦めてくれた。

　こうして俺たちの初夜は失敗した。

　メルヒオールは拒絶されたことにショックを受けたらしく、いじけてソファに横になり、もうベッドに戻ってこなかった。

「なんであんな言葉使うんだよ。何考えてんだか聞きたくても聞けないし、ずっとそばにいてくれるわけでもない。エッチしたら子どもができちゃうかもしれないのにさ……いくら好きでもこんな不安抱えたまま踏み込めないいんだってば」

　俺は俺で、ムラムラとムカムカが混じってイラついてしまう。自分の寝室で寝ようと、ベッドを出たつもりが、腰を下ろしたのはメルヒオールがいるソファだった。また無意識に近くに来てしまったらしい。

　――メルを傷つけちゃった。嫌なわけじゃないのに。むしろずっとそばにいたいのに。言葉が通じれば、なんで俺がイヤがったのかを伝えられるのに。運命の番のくせに全然うまくいかないなんて、なんでだよ。

　悔しさと罪悪感でぐずっと鼻水をすする。メルヒオールの腕が伸び、手を引かれた。後ろから抱きしめられる格好で、一緒に横になる。狭いソファの寝心地は悪かったけれど、いまの俺たちには広い寝台より似合っている気がした。

§　§　§

胸が張り裂けそうだ。なぜだ？　なぜだ！　なぜなんだ!!

魔術師たちに彼の世界の言葉を調べさせてまで挑んだというのに、初夜は完全に失敗してしまった。

「おお、私の愛しい番よ……」

私の何がいけなかったのだろうか？

彼は行為を拒否したものの、長椅子に一緒に横たわるのは抗わなかった。しかもすうすうと愛らしい寝息を立て、腕の中で熟睡までしてくれた。無防備に眼前に晒されたうなじから立ち上る、体臭の甘やかなことといったら！

アルファはオメガのうなじを噛んで番とするものだと知っていたが、まさか噛みつきたい衝動が現れるとは思わなかった。対面した当初から悩まされ続けている甘苦しい胸の痛みや、彼のことが頭から離れなくなる症状も、オメガの彼に会って初めて知ったことだ。

「聞いていた話と違うぞ」

少年時代、王家に仕える年老いたベータからオメガについて教わったが、このようなことが起こるとは聞いていない。アルファである父は多忙で、会えば分かるとしか話してくれなかった。

番うにあたっての苦労はまったくないという話は、直前まではその通りだった。しかし、互いに好意を持ち合っていることは間違いないというのに、まさかの拒絶とは。

拒否された現状が涙ぐんでしまうほどつらい。

こんな調子では、老人がしてくれた運命の番の話も真偽が怪しい。ひと目会った瞬間から愛し合い、一生互いを愛し抜くなんて、初夜さえままならぬ身としては嘘としか思えない。

老人は数年前に亡くなってしまったが、番えるオメガが見つからない私を不憫に思い、希望を持たせるために作ってくれたおとぎ話だったのかもしれない。

ほかの年寄りに聞いてみれば作り話かどうか分かるかもしれないが、性的な話をしてくれるのはあの老人だけだったため、ほかの者には聞きづらい。

召喚したオメガが気に入らないのかと誤解されても困る。それに彼が私を拒否したことが広まっては、彼への風当たりが強くなってしまうかもしれない。

本能的に強いリーダーに従う気質のある犬獣人たちには、狼獣人のみが王族としてシーウェルトを統治すべきだと考える者が多い。それを阻む者に、彼らがどんな態度を取るのかはたやすく想像がつく。

「どうしたものか」

長々と嘆息する。拒否はされたが、勝手にうなじに噛みつかなかっただけ、最悪ではなかったと思いたい。

牙を立てる代わりに、彼のうなじへそっと唇を押し付けたときのことを思い出す。

「……たまらなくいい匂いだったな」

道端で咲く小花のような、慎ましく甘酸っぱい香りに陶然とした。翌日、香をたきしめているのかとピノーに聞いたが何もしていないと言っていた。あの香りは彼自身のものらしいと知り、体臭まで愛らしい彼にまた恋心を募らせてしまった。

翌日も行為を拒否されたものの、一緒に眠ることは好んでくれているようだ。私にしがみついて眠る姿は、ただ一人の王族として己を律することに長けた私の理性をやすやすと揺るがすから困ったものだ。

おかげで股間を硬くしながら眠るのに慣れてしまった。

「我が妃は私へなんの試練を与えているのだ……」

「陛下、恋の悩みは会議のあとになさってはいかがでしょうか？」

嫌われてはいないようだし、彼の表情を見れば好かれている自信もある。行為以外は問題ないのだ。

「彼の心が分からない……」

「まただ。またおひとりで悩み始めてしまわれた。これでは話が進まない」

「アルファとオメガには、我々ベータには分からぬ特別なつながりがあると聞く。財務長官殿や我々の恋愛事とは悩む次元が違うのではないか？」

「ですがクラース将軍、披露目の宴から仕事がまったく進んでいないのです。来期の予算案をそろそろ決めねば、根まわしに支障が出るというのに」

「狼獣人は、アルファとごくまれに現れるオメガしかお生まれにならない、獣人の祖ともいえる尊い一族。その古の血ゆえにオメガとしか子を生せないのは難点だが、王となるべき英明な一族でいらっしゃる。だからこそオメガ探しは陛下御誕生のおりから行われ、異世界召喚などという荒業まで使って番となられる方をお呼びしたのだ。陛下が最後の王族である以上、お妃様と良好なご関係を持っていただくことは、このシーウェルト王国の政体に関わる重要な問題だ」

「とはいえ、来期の予算案だけでなく人事も決まっていないのですぞ」

「先に陛下のご懸念を解決した方が効率的なのではないか？　側仕えで出ている我が妻の話では、お妃様の前では物思いに沈んでため息ばかりつく症状は出ないそうだ。お妃様をお近くに置けばまともに仕事に向き合われるのではないか？」

「さすがクラース将軍、そういたしましょう！　陛下、陛下しっかりしてください！　お妃様をこちらに、いえ、常におそばにお置きになってはいかがでしょうか？」

ふと呼ばれた気がして顔を上げる。一つ瞬きをして焦点を合わせると、長い机の前には財務長官と軍を束ねるクラース将軍、そしてそれぞれの副官たちがずらりと並ぶ。

「来期の軍事予算について話していたのだったな。来年か……国民たちは王子王女の誕生を心待ちにしているだろうな……」

またため息をこぼしてしまう。期待を裏切ってしまうかもしれないことに胸を痛め、また物思いへ沈みそうになるところで、財務長官が言葉を続けた。

「お妃様は陛下のお姿が見えないと寂しそうなご様子だと伺っております」

「そうなのだ。離れるときはいつも悲しそうで私もつらい」

「こちらにお呼びなされませ。もちろん我らは陛下のご忠告を忘れておりません。いらっしゃっても決してお妃様へ視線を向けませんので、おそばに置かれてはいかがでしょう？」

「大事な妃を、多数の者たちが出入りする場所に連れてくるのか？　彼の身に何かあっては――」

「陛下ほど剣の腕が立つお方は、ここに控えるクラース将軍以外おりません」

「だが……」

「心配ならば常に膝に抱けばよいでしょう。移動が必要ならば、抱きかかえればよいのです！」

クラース将軍が語気荒く言い放つ。彼とは幼いころから剣を合わせ、鍛え合った仲というのもあり、忌憚《きたん》なく意見を交わせる数少ない友だ。

「ほかに身元のしっかりしたヒトがいないからと、我が妻のピノーを側仕えに出しているのですぞ。いいから二人をここへ連れてきましょう」

なぜかピノーまで来ることになったが、確かに側仕えは必要だ。貴族の長男でありながら同性婚をした彼には、同じ男妻を持つ夫として見習うべきこともあるだろう。それに我が妃の迷いがどこにあるのか、少しでも手掛かりが摑めるかもしれない。何より四六時中一緒にいられると思うと、しっぽが勝手に揺れてしまう！

「いますぐここへ二人を呼べ！　いや、私が迎えに行こう。それと妃の椅子は不要だ。私が務める」

さすが我が家臣たちは優秀だ。早速、素晴らしい名案を実行する。実質持ち歩くといった方が近いものの、不思議なほど私の心は落ち着き、仕事に精を出すことができた。

§　§　§

気まずい一夜を過ごしたあと、なぜかメルヒオールは宮殿の外でも俺がそばにいるのを許してくれるようになった。しかも俺がべったりくっつきたがるのを察したのか、膝の上に座らせてくれた。四六時中抱きついていいなんて夢みたいだ。

一人だと不安になりがちな気持ちも、花のようなうっとりする香りと男らしさの混じったメルヒオールの体臭を嗅げば穏やかになれる。

ただ、幼児語での意思疎通は諦めたのか、話しかけられることはない。それはそれで寂しいが、俺の方も一向に言葉が憶えられないので文句は言えない。夜のナニを断っている身としては、追い出されないだけマシだ。

二人で寝るくせに乱れのない寝具では、夫婦の営みってヤツがないことはバレバレだ。しかし、ピノーたちはどう聞いているのか、変わらぬ態度で仕えてくれている。

今日は夜になる前にピノーに手を引かれ、メルヒオールから引き離されてしまった。

俺は嫌がったが、ピノーが切々と俺に何かを訴えてくるので、渋々従う。なぜか結婚の宴の際にも着た華やかな服と、幾重にも連なった真珠の首飾りや髪留めで飾り立てられる。

そうして連れてこられた広間では、家臣らしき人たちが並んでいた。彼らは視線を下に落とし、決してこちらを見ようとしない。

——疫病神とでも思ってんのかな？　嫌われるようなことしたっけ？

言葉が分からないのはやはり不便だ。彼らの態度の理由も分からなければ、これから何があるのかも知りようがない。しかし、ここに座るのが王様とナニしない俺の、最低限の仕事ってことなんだろうと己に言い聞かせ、努めてなんでもない顔をした。

メルヒオールはすでに玉座についており、黙って俺もその隣へ座る。

広間の扉が開き、歓迎の拍手と声が人々から上がった。

黒のラインの入った虎のしっぽと耳のある、二十代後半らしき男性が先頭だ。メルヒオールよりいくらか若そうに見える。

俺が知っている虎と違い、胸まである長い銀髪と同じ色合いの毛並みが目を引く。犬たちよりも丈は短いが幅広で、長めの毛が耳を厚く見せている。先の黒いぽってりとした耳が、怜悧な美しい顔に愛嬌《あいきょう》を与え、よく似合っていた。王冠をかぶっているから、メルヒオール同様、王様のようだ。

足首まである薄手の白い長衣には、銀糸で縫い付けられた宝石が、襟や袖口をぐるりと囲んでいる。歩くたびに七色に輝く宝石がシャラシャラと擦れ合い、軽やかな音を立てる。

その両脇には、男を飾り立てるように猫耳をピンと立てた美しい女性が少し遅れて二人続く。纏うドレスも金銀で飾り立てられ、目がチカチカしてくるほどだ。華やかな三人の後ろには、お付きの人々がぞろぞろと続く。彼らのしっぽの長さはそれぞれだが、虎の王様のものより細くしなやかで、耳も一回り小さい。王様以外はすべて猫のようだ。

メルヒオールとともに席を立ち、段を下って一行を迎える。にこやかに握手を交わす様子から見ても、対等な立場であることが分かった。

——あ、この人アルファだ。

初めて会ったメルヒオール以外のアルファに驚く。その表情に気づいたメルヒオールが俺の肩に手を回した。かたわらを見上げると、虎の王様へ紹介してくれたらしい。慌てて習ったしぐさで軽く頭を下げ、礼をする。

メルヒオールの表情が少し強張っているのが気になった。不躾《ぶしつけ》に向こうの王様を凝視していた非礼に怒っているのかもしれない。王族の隣に立つには、しとやかさも上品さも足りないと思われただろうか。そう思った途端、情けないことに微笑み一つできなくなってしまった。

会食が用意されていたが、俺はそのまま下がらせられた。

——言葉も分かんないし、偉い人の接待とか、言葉ができたとしてもムリだしな。

元々不器用な自分には愛想笑いすら難しい。仕方がないと思いつつも、本当に最低限のことしか期待されていないようで、落ち込んだ。

しょげて帰ってきた俺をジオが笑顔で迎えてくれる。何が嬉しいのか分からないが、ピノーもにこにこしていた。

夕食を出されたが食欲がなかったので断り、お茶だけ飲んで眠ることにした。給仕してくれたジオの腕にいつもの腕輪がないことに気づく。たまたまかなと思っていたら、翌日の朝食ではいつもの腕輪が戻っていた。

しかし、腕輪にはきれいな白水晶がはまっていたはずが、ただの石ころに変わっている。

「ジオ?」

石ころを指さして首を傾げると、嬉しそうに何かを説明される。キレイな宝石よりどこにでもある石の方が貴重なのだろうか。それとも若者の最新ファッションなのかと不思議に思う。ピノーはアクセサリーを元から着けていないが、食後のお茶を持ってきてくれた女性のイヤリングもコンクリ並みに平凡な小石になっている。

「マットなテイストが謎な感じでいい……ようなわけ分かんないような……」

たぶん、笑顔でかわいいねと褒めればいいのだろうが、無駄に正直な俺は謎ブームに戸惑い、怪訝な顔をしてしまった。

こちらの言葉も通じていないのだが、ジオはにこにこと話し続ける。笑顔の様子を見れば、宝石を落とした代わりに拾った石を押し込んだとか、そんな残念なトラブルではないらしい。謎ブームに夢中な程度ならばまあいいかと思っていたら、ジオの話が長くてなかなか終わらない。

――入手困難な外国産のレアな石ころとかなのかな？　一生懸命話してくれてるのに申し訳ないけど、それ全部ちんぷんかんぷんなんだよな俺……。

もしかしてジオたちは、聞くだけならそろそろ分かるだろうと思い込んでいるのだろうか。やんわり首を傾げ、残念ながら情熱以外伝わっていないことを示しつつ、じっと聞き入る。

あまりの長さに困ってピノーに視線で助けを求めると、以前も使った地図を持ち出され、大陸の左下を指し示す。

「プーニャ、プーニャ×××、×××××」

「そういえば虎と猫の絵を描いて教えてもらってたね。昨日の虎耳さんは王様？」

昨夜行った広間のある方向を指さすと、二人は笑顔でこくこくうなずく。

「ふーん」

どうしよう。もうほかに何の感想もないし、リアクションも出せない。あまりに二人がニコニコするので、会えて感激だと喜ぶふりをすべきか悩んでしまった。


午後、宮殿にふらりとプーニャの王様が現れた。

今日はグレーの長衣で宝石はなく、銀糸の刺繍のみが全体に施された上品な装いだ。昨日は正装で、こちらは普段着といったところなのかもしれない。

突然現れた来客に、ピノーとジオが慌てて中庭のテラスに案内し、お茶を用意する。

銀髪に白い肌は、メルヒオールの金髪に浅黒い肌と対照的だが、王族らしい迫力を持っている。虎の王様の方が細身だが、しぐさが洗練され、自分の価値を知っている自信がうかがえた。

白い顔に完璧な位置で配置された黒い瞳が、俺を見る。数秒後、興味なさげにため息をつかれた。

なぜこんなのが王の番になるのかと感じているのが、丸分かりだ。

「興味がないなら帰ればいいのに」

俺もむすりと仏頂面になってしまった。

「×××××」

相手はまんざらでもない顔で長い髪をかき上げている。後ろの壁際に控えていたピノーが困ったような笑みを作ったので、たぶん、俺に惚れるなよ的な自己愛強めのフレーズなんじゃないかと想像した。

ジオが機嫌をうかがうように虎の王様へ話しかけると、プーニャ王の視線がジオの腕輪に向けられる。するとジオは照れくさそうに、腕輪の石が来客によく見えるよう持ち上げた。

――えー、王様相手にソレ見せるの？　どう見ても目の前の虎の王様の方が、おしゃれレベル上なのに。いくら若い犬に人気の石ころだとしても、鼻で笑われちゃうんじゃ……。

ハラハラしていると、プーニャ王は口の端をわずかに曲げ、長衣の裾をめくる。足首に銀色のアンクレットが着けられ、中央には多面的に美しくカットされた灰色の、どう見てもただの石がはまっていた。

――マジで石ころブームかよ！

まさかの王様レベルで石ころが流行しているとは思わず、ぎょっとしてしまう。石ころを凝視したままの俺へ、プーニャ王がぬるい笑みを向けてくる。石ころの良さを俺が理解していないのがバレている気がして、ちょっとムッとした。

――メルがいないのに、この人帰る様子がないんだよなぁ。ホントにヒマで困ってるのかな？

歌が上手かったり、かっこいいダンスができれば少しはましだったかもしれないが、あいにく音痴で運動も苦手だ。そのうえ会話もできないなんて、もしや俺って結構なポンコツなんだろうか。

一瞬凹んだが、言葉が通じたとしても王様相手に繰り出せる話術もないのだから、沈黙で通せる状況は最悪ではないのかもしれないと思い直す。

――コイツが缶詰めだと思って、じっと見とけばいいのか。

退屈そうな美形の男を監視する仕事だと思うことにする。慣れた作業は落ち着くもので、缶詰め工場での仕事と同じ気分で前を見ていたら、なんだか気が楽になった。


虎の王様は何をするでもなく、堂々と大きな口を開け、あくびをしている。お茶はまだ一杯目なのに、あくびはすでに三回目だ。退屈さを隠す気はないようだ。

正直な王様だと、呆れを通り越して感心していると、ようやくメルヒオールが現れた。

俺たちを見ると、目くじらを立ててプーニャ王へ抗議する。目をむいて怒っているが、白目の部分が赤く充血している。よく見ると、目の下にはくまが浮いていた。かなり疲労しているらしい。服も昨晩と同じだ。

昨日見た、プーニャ王の脇に並んだ、華のある女性たちを思い出す。

――もしかして、どっちか片方をひと晩貸してやるとか、エロい遊び？　その女の部屋に泊まったから、同じ服着てんの？　はぁ？　運命の番がいるくせに浮気かよ！

腹が立ち、抗議するべく立ち上がった。するとメルヒオールは手にした小瓶をいきなり俺の口へ突っ込む。

「メル！　浮気し――ンガッ……」

浮気されたうえになんて仕打ちだと罵《ののし》る暇もない。とろっとした水が口内に注ぎ込まれ、あっと思う間もなく、ごくりと謎の液体を飲み込んでしまう。幸いまずくも苦くもなかったが、無味無臭なのもそれはそれで怖い。

「何すんだよ！」

大きな身体を押しのけて睨みつけたが、王様にすごい剣幕で問いただされた。

「こいつに手を出されなかっただろうな？」

「え？」

「聞こえているか？　水はちゃんと飲んだな？」

「え、あ、うん」

剣幕に驚きつつ首を縦に振る。はたと、言葉が通じることに気づく。

「メル、すごい！　言葉が分かるよ！　何これ魔法？」

飛び跳ね、その勢いのまま大きな身体に飛びつく。

「よしっ！　成功だ！」

メルヒオールも抱き返してくれる。盛り上がった筋肉に力を込められると苦しいくらいだが、それも嬉しい。

「「おめでとうございます」」

ピノーとジオも祝福してくれる。ジオは感激のあまり涙ぐんでいた。

「これでもう下着を穿かせ損ねるようなこともありませんね」

ピノーも満足そうだ。それぞれに喜ぶなか、脚を組み替え、ティーカップをテーブルへ戻したプーニャ王は冷ややかだった。

「シーウェルト王が他国の王に頭を下げて協力を請うくらいだ。よほど上玉かと思ったが、普通だな。もっと美人で色気のあるベータは山ほどいるぞ」

「山って！」

あんまりな言いぐさだと憤慨する。確かに超がつく美男美女の両親から生まれた割には普通の顔だし、色気もないのは自覚している。しかし、それでも充分かわいいと、観察レポートを書かれるくらいにはちやほやされてきたのだ。

頼もしいことに、すぐさまメルヒオールが反論してくれる。

「そう言って私を油断させ、自分が横取りしようとしているのだろう？　昨日も本当は大事なナントカをお前に見せたくなかったのに、会わせなければ魔石の貸し出しはナシにすると脅しまがいの要求をされて渋々だったのだ。今日だって私に黙って勝手に顔を出すなんて警戒しないわけがないだろう。断言しておくが、ナントカは一生離さないからな」

メルヒオールは俺の腰に手をまわし、顔を覗き込む。

「気を付けるんだぞ。私以外のアルファがこの城内にいる限り、そばから離れるな。相手がベータでも油断してては駄目だ。私の目が届かないところでそなたに話しかけるやつがいるかもしれない。いま、そなたは我々の言葉が分かる。ということはだまされる可能性だってあるのだ。知らない者について行くなよ」

今まで伝えたくともできなかったせいか、喜びも早々に注意事項を並べられる。

「ずいぶん心配性だな。俺そこそこかわいいけど、メルが思うほどモテないから安心しろよ。あと、その間抜けな呼び方、いい加減やめてくれ」

「もしや、もう手を出されたんじゃないだろうな？」

俺の言葉はスルーされ、狼耳をぴんと立てた王様はプーニャ王を睨みつける。視線の先で銀髪の美丈夫が肩を竦める。

「僕は魅力を振りまく方で、魅力に取りつかれる側じゃないんだ。貴様の大切なオメガがすでに僕に恋をしていたとしても恨むなよ？　この美貌に見とれるのは、太陽が東から昇るがごとく自然なことだからな。せっかくのオメガを報われぬ恋で苦しめるのは気の毒だ。仕方ない、僕の番にしてやってもかまわないぞ」

――やっぱりこの人、自分大好きだ……。

そのオメガが恋ではなく仏頂面をしていたのに気づいていないらしい。相当な誤解だ。

「見とれてないから！　俺、そんなことしてないからね！」

かたわらのメルヒオールを見上げる。一瞬不安そうな色が瞳にちらついたが、俺が必死に訴えるのを見て、気を取り直したようだ。

「お互い即位前から面識のある仲だからな。プーニャ王が脅威的に前向きなご気性なのは承知している。私のナントカの視線を一瞬得たのを、気の毒なことに誤解しているのではないか？」

「その一瞬で落ちるのが恋さ。生真面目な狼殿には無縁だろうから、ご存じないのだろうが」

「知っているさ。ついでに、神殿に使える巫女を孕ませたというバチあたりな噂もな。虎の王族というのは皆、そのように厚顔なのか？」

「ネコ科の獣人は美的センスが優れているのだよ。美しさの価値をよく知っている」

「これ以上、私のナントカに近づくな。見るな、同じ空気も吸ってはならん」

「魔石を融通してやった恩をもう忘れたか」

「だから貴重なオメガのナントカをこうして見せてやっているだろうが！」

睨み合う二人がそろってフンと鼻を鳴らす。

「王様のくせにガキくさいケンカするなよ。それより俺、紀里也だから。ナントカなんて変な名前じゃないから！」

二人に割って入ると、メルヒオールが表情を和らげる。

「ナントカの涼やかな声がこれほど聞けるとは、やはり猫どもに借りを作ってでも作製してよかった。この小瓶に入っていた水は言葉の魔法水だ。毒ではないから安心してくれ。すぐに使わせたくて、無理やり飲ませてしまった。すまない」

「俺、紀里也だってば。ナントカなんて変な名前じゃないよ！」

「国中に残っている魔石すべてをかき集め、言葉の魔法水を作ったのだ。使用する大量の魔石を集めるには、シーウェルト王国に残っている石だけでは何年もかかる。それまでそなたに私の愛の言葉を伝えられないのはつらい。だから隣国のプーニャからも力を借りたのだ。彼らは大きな魔石を持っていたからな」

――俺が話してる言葉は通じてないのか……。

メルヒオールの大きな手が、一方通行の意思疎通に気づいた俺の頬を撫でる。

「悲しげな顔をするな。この言葉の魔法水は、都合よくそなたの言葉までこちらに届けてはくれない。泣いている理由も、その表情から想像するしかないのだ」

「……ばか。メルのばかっ」

期待を裏切られ、腹が立つ。

「今のはなんとなく分かったぞ。私に怒っているのだろう。怒っている顔もかわいいが、そんなことを言ったらもっと拗ねてしまうかな？　ほら、甘い菓子はどうだ？　これを食べて機嫌を直せナントカ」

お茶請けに出されていた干しイチジクっぽいものを差し出される。それを押しのけ、怒りとともに言い放つ。

「それ違うから！　紀里也だから！」

「どうしたナントカ？」

「き・り・や！」

首を傾げたメルヒオールが拍手をし始めようとするのを、遮ってやめさせる。

「拍手ではないのなら、キリヤとはなんだ？　そういう食べ物が欲しいのか？」

プーニャ王がくつくつと笑い声を上げる。

「相変わらず狼は思い込みが激しいな。戦いには強くとも、愚直なだけでは番に愛想を尽かされるぞ。貴様の意志の強さや剣の腕、貫禄は王として好ましいが、目の前のオメガにはなんの役にも立たないな」

「何が言いたい？」

「そのオメガの名前はキリヤだ。なぁ、そうだろう？」

話を向けられ、俺は力強く首を縦に振る。メルヒオールは目を見開いてショックを受け、プーニャ王はやり込めた喜びも露わに声を上げて笑った。

「嫁の名からして間違っているとは、いくらなんでもそれぐらい分からなかったのか？　呆れたな」

「王家にあるすべての魔石を使って異世界から召喚したのだ。いや、私に余裕がなかったとはいえ、もっとナ——キリヤか、キリヤの様子に注意を払うべきだった……。分かった、キリヤだな。今度こそ間違えない。キリヤ、素敵な響きだ」

「メル……」

「キリヤ、もう一度やり直そう。はじめまして。私はメルヒオール・シーウェルトニア。この国、シーウェルト王国の王だ。突然異世界に飛ばされて驚いているだろうが、そなたには我が妃になってもらいたい。私の番だ。その代わり、全力で守るし、誰よりも大切にする。だから……だから私を受け入れてくれ」

真剣なまなざしにのぼせ上り、くらくらしてしまう。せわしなく拍動する胸を押さえつつ、俺は息を一つ呑み込む。うなずこうとしたところでちゃちゃが入った。

「さすが犬の獣人たちを統べる狼だな。その一途さではかなわないが、虎の獣人は狼より柔軟に物事に対応できるし、戦略的なことならシーウェルトと戦っても引けをとらない自信があるぞ。こいつが嫌なら、僕のところに来るがいい。いつでも歓迎しよう」

「いいかキリヤ、分かっているだろうがこいつはアルファだ。気をつけろ。この世界ではいまのところ確認されているオメガは、そなたを入れて二人だ」

「はぁ？　少なっ！」

驚きのあまり、あんぐりと口を開けてしまう。

「一人は、ネコ科の獣人たちが暮らすプーニャ国の王の生母、つまり彼の母親だ。ヒトによる議会が政を行うアト共和国では、オメガは絶滅している。このシーウェルト王国でも同じだ。そなたが来るまではな。この世界で番を持たないオメガはたった一人。キリヤ、そなただけなのだ」

「え？　俺だけ？」

目を白黒させる俺へ、プーニャ王が補足する。

「ちなみに、腰も振れないほどの年寄りを除けば、繁殖力の残っているアルファは僕と彼の二人だけだ。だが喜べ、僕は独身だ」

「愛人に子が五人もいて何が独身だ」

「僕たちは繁殖力が高いからな。オメガがいなくてもベータの王族ならたくさん生まれている。ごく稀に生まれるといわれている、突然変異でのオメガだって期待できなくもない。もっとも我らはバース性で王位が制限されることはないがな。たとえ僕がアルファでなくとも、これだけ外見も内面も美しければ、どちらにせよ王位はこの手へ自ら転がり込む」

「貴殿にアルファ以外の長所があったとは初耳だ」

メルヒオールの嫌みに虎の王様がきれいな顔をほころばせる。

「優れた者は嫉妬を集めるものだ。僕の長所を語りたがらぬ凡人どもを責めてやるな。さてキリヤ殿、プーニャ国がシーウェルト王国ほど危機に瀕《ひん》していないのは、我ら虎の獣人が優れているからだと分かってもらえたかな？」

言いたいことは分かったが、うんと首を縦に振りづらい。

「シーウェルトの王族は貴殿のように多情ではない。代々、ただ一人のオメガと添い遂げる。オメガが極端に減ってからは、愛せない相手と婚姻するぐらいならば独身を貫く方がいいと、未婚のまま生涯を送った者も多い。それほど心が清冽《せいれつ》なのだ」

「その結果、貴様が最後の狼であり、最後の王族、つまりは最後の王ではないか。いくら高潔でも死に絶えてしまっては、一途というよりただの頑固だ」

どうりで結婚の宴に王族や狼の獣人が一人もいなかったわけだと納得する。一方で、辛辣な言葉を向けられたメルヒオールも黙っていない。

「最後の王になるつもりはない。だからこそ国庫すべての魔石を使って、異世界から私と相性が良いオメガを召喚したのだ」

「魔術師どもに相性の良い相手を見繕ってもらって、無事に恋に落ちたと？」

「もちろんだ」

「魔力や戦闘力の高さと繁殖力が反比例するのか知らないが、狼の王族がオメガしか孕ませられぬのは事実。不憫なことに、キリヤ殿はシーウェルトの王族を増やすための駒なのだろう？　ならば僕の番になった方が、彼にとって幸せなのではないか？」

「キリヤはただの駒ではない。この国を救う光だ。私は光を守るためならすべてを投げ出そう。彼を惑わす気なら――」

「誤解するな」

睨みつけられた虎耳の王が、ひょいと肩を竦める。

「キリヤ殿には僕の母のような幸せに恵まれてもらいたいだけだ。不幸な結婚だと思ったら、いつでもプーニャ国へおいで」

ふっとプーニャ王の視線が優しくなる。隣国の王と張り合うためだけに言ったわけではないようで、思ったよりイイ奴だと見直した。

「私の前で口説くとは図々しい。キリヤは渡さんぞ」

「それはキリヤ殿と相思相愛になってから言え。噛み痕のないうなじを晒しては、閨《ねや》が丸見えだぞ」

正論にメルヒオールが歯ぎしりする。俺も初夜が失敗したことを見抜かれ、決まりが悪い。

「私の大事な番の名を勝手に呼ぶな。キリヤは――」

思い出したように、プーニャ王が遮る。

「そうだ。彼、魔石を理解していないのではないか？　僕たちが魔石の原石を身に着けているのを、不思議そうに見ていたぞ。たぶんただの石ころだと思っている」

「え？　アレ、おかしな流行じゃなかったの？　魔石って？」

見透かされていたことに驚きつつ、そういえばメルヒオールの話に何度か魔石という言葉が出てきたのを思い出す。

「宝石でもないただの石を宝飾品にするなんて、ヘンな奴らだとでも思っていたのだろう？」

ぎくりとしつつも、正直にうなずく。俺を召喚するために大量に使った魔石というのは、たぶんそれのことだ。言葉の魔法水を作る目的でジオたちの宝石を集めたのならば、石ころに変わったのもうなずける。むしろ感謝すべきだ。

「謎ブームとか思ってごめんなさい……それとありがとう」

言葉が伝わらないとしても、言わずにはいられない。

「なんと！　困った顔もかわいいぞ！」

ありがたいというべきか、幸いにもメルヒオールはあさってな方向で喜び、機嫌を直す。続けて魔石について説明してくれた。

魔術には魔力の詰まった石、魔石が使われるらしい。そもそも獣人は人間と獣、二つの姿を移ろう魔力を持っており、この魔力は湧き水みたいに常に身体から溢れ出るものなのだそうだ。しかし、この程度の魔力量ではたいした魔術は扱えない。

「だが、魔石の原石を常に身に着ければ、流れ出る魔力を蓄積することができる。高い魔力が溜まった魔石ほど美しく輝くのだ」

そういえば、この前まで彼が身に着けていた石は、高価なサファイアみたいで特別きれいだった。

「魔石にいったん溜めることで魔力の調節が可能になり、大きな魔術を起こせるようになる。魔石を使い大きく複雑な魔術を行うのが魔術師、最初にそなたが見たローブを着た者たちだ」

メルヒオールが首に下げた石を見せてくれる。付けている鎖や台座は前と同じだが、はめられている石はツヤも透明度もなく、ただの灰色の石ころにしか見えない。

「腕輪やイヤリング、首飾りに魔力を溜めるための石を付けることで、魔石は時間をかけて作られていくのだ」

――あ！　ピノーが使ってたライターの石って、もしかして魔石？

記憶のなかの石と言葉がやっと結びつく。

「……石ころブームじゃなかったんだ」

てっきり、イケてる石ころを堪能し合っているのだと誤解していた。ジオだけじゃない。たくさんの人が俺のために、ずっと身に着けていた魔石の力を使ってくれたのだ。

「みんな超いい人じゃん」

離れて侍るジオやピノーへ視線を向ける。ちょっと誇らしげな彼らの表情を見たら、なんとも申し訳ない気持ちになる。

「よし、キリヤを安心させるためにも、この国で賢者と呼ばれる、オルロフ婆さんのところへ行こう。これ以上プーニャ王と同じ部屋にいて、手を出されてはたまらない」

「ついに僕が魅力的だと認めたか。僕の美貌と魅力に恐れをなしても恥ではないぞ。真実だからな！」

ドアを閉めても、機嫌よく笑うプーニャ王の声はよく響いた。

「あいつは昔から自分が大好きなんだ。しかし、今日のあいつは演技をしているな。キリヤを目の前にして恋に落ちない者はいない。ネコ科は嘘がうまい。私の手前、本心を隠しているのだろうが、いつそなたを攫《さら》おうか手ぐすねを引いて待っているに違いない。油断するな」

——たぶん違う……。狼って空気読めないのか？

本当に俺に興味がなかった。ちょっかいをかけるようなことを言ったのは、メルヒオールに俺の幸せを考えさせる意味合いもあった気がする。半分以上はメルヒオールを怒らせて遊ぶためだとは思うが、彼なりに距離をとった気遣いだった。

「だが、私を真正面から諫《いさ》めてくれるのは、クラース将軍とプーニャ王だけだからな。認める部分は認めているさ。そなたのことも、どうしても嫌なら無理強いはしない。ただ、せめて私の隣にいてくれ。私にはキリヤしかいないんだ」

寂しげな瞳で見つめられ、強そうな王様が垣間見せる心細げなギャップに胸がときめくのを自覚した。


二人で馬車に乗り、初めて城の外へ出た。窓から街の通りを眺める。

行き交う人々は犬の獣人が多い。耳だけでは判別が難しいが、しっぽに注目してみると、猫っぽいしっぽの者もいる。この通りは商売をしている家が多いらしく、汗を流して作業している人があちこちに見える。仕事をしている男性は上半身裸で腰布を巻いただけだ。女性も薄着で、肩や腹、太ももを露わにしていた。

軒先には、商店ごとに様々な品物が並んでいた。見覚えのある細かな角切りの干し肉が山と積まれた店もある。ちょうど店主が特徴的な糸を引く肉を、器に取り分けている。

思わず眉根を寄せると、珍しくメルヒオールが声を上げて笑った。

「あれはズットウ屋だ。ズットウ菌で干し肉を発酵させたものだ。そなたは苦手らしいが、シーウェルトでは子どもから大人まで人気のある国民食だ」

言葉が通じるのがたまらなく嬉しいらしく、メルヒオールは俺の目に映るものを逐一説明してくれる。楽しそうな彼の姿を見るうちに、俺の顔にも笑みが浮かぶ。

運命の番であるメルヒオールと一緒にいるときはいつだって胸がどきどきと弾むが、二人でいてこんなに楽しい気分になったのは初めてだった。

せっかく言葉が分かるようになったのだ。前から気になっていたことを聞きたくて、隣に座るメルヒオールの耳をちょんと指で触れる。ぴるぴる震える耳の次に、顔の横の自分と同じ耳にも触れ、首を傾げる。

「耳がどうかしたか？」

己の耳に触れて二本の指を立て、反対の手は四本の指を立てる。彼は微笑み、俺の疑問を理解してくれた。

「頭の上の耳は獣人の証しだ。遠くの音やかすかな気配を察知できるが、音が多すぎると上手く聞き取れない。ヒトの耳は賑やかな場所でも意識した音や話し声を拾いやすいから、それぞれ使い分けている」

なるほどと思いつつふわふわの耳を撫でていると、メルヒオールの顔が赤くなる。

「それと獣の耳を他人に触らせるのは恋人……それも閨の中だけだ。勘違いされぬよう、私以外の耳に触ってはならないぞ」

パッと手を離し、俺も一緒に頬を赤らめ、うなずいた。


三角屋根とレンガの街並みをきょろきょろ見ているうちに、馬車は田園地帯へ入った。小麦のような穂が風になびく畑は、薄い緑と成熟を知らせる枯れ葉色が交じり合っている。そのなかに建つ、平屋の簡素だが大きな屋敷へ向かって馬車は進んだ。

「オルロフは、私が生まれた当時は宰相を務めていたのだ。務め終えてからは、ここで孤児院を始めたのもあって、人々から慕われている。彼女に悩みを相談しに来る者も多い。私も、子どものころから悩み事をよく聞いてもらったよ。私の育ての親ともいえる」

屋敷の前に停めた馬車からメルヒオールが姿を見せると、子どもたちがわっと飛び出てきた。犬や猫の小さな耳をプルプル動かしているのがかわいい。

「おうさま！　メルヒオールさま！」

甲高い声で口々に名前が呼ばれ、あっという間に子どもたちが彼の周りに集まる。

「オルロフが保護して育てている子どもたちだ。彼らは病や事故で親を亡くしている。私は生まれてすぐ母親が亡くなったし、父は国民の信頼を集める立派な王だったが、多忙で滅多に会えなかったからな。ここの子どもたちには親しみを感じて、昔からよく来るんだ」

定期的に訪ねているらしく、どの子どももメルヒオールによくなついている。

「アトのくにのおきゃくさま？」

「彼はヒトだが、アトから来たのではないよ。先月、召喚の魔術が行われたのは知っているかい？」

「しってる！　おうさまのおよめさまをまじゅちゅで、お、お、おちゅれしたんでしょ？」

「彼がそうだよ」

「えー？　おとこのひとだよ？」

別の子どもがはしゃいだ声を上げる。

「オレ、おとこのおよめさん、しってるよ！」

ほかの子も見たことがあると言うところを見ると、同性婚も少ないながらあるらしい。わいわいと騒ぐなか、メルヒオールは手を上げ、子どもたちの注意を引く。

「彼はオメガで特別なんだ。私の大事なお嫁さんだから、みんなも仲良くしてくれよ」

「うん！　とくべつでだいじなの！」

素直に受け入れた子どもたちは笑顔を俺へ向け、きゃっきゃと飛び跳ねる。

「おうさまもアルファでとくべつだもんね！」

得意げに言う少年は、小麦色の尖った三角耳とふさふさのしっぽをピンと立てている。

――狐かな？

子どもたちと別れると、俺の視線に気づいていたメルヒオールが、獣人について教えてくれる。

「シーウェルトで一般的なのは犬の獣人だが、少数派の獣人もいる。違う種類の獣人同士で子を生した場合、変化する獣の種類はどちらか一つだ。混ざったり、二つの獣へ変化できたりはしない。たいていは同じ種同士で夫婦になることが多いがな。ちなみに、獣人には肉食獣しかいないのは気づいていたか？」

「犬って肉食べたっけ？　ドッグフードって……肉？」

それが肉か野菜かなんて、自慢じゃないが気にしたことがない。俺は首を傾げて疑問を伝える。

「この世界の万物は、ごくわずかずつだが魔力を含んでいる。だから、食物連鎖の上位に立つ肉食獣たちは、身の内に魔力が集まりやすい。その高い魔力の発露が、ヒトと獣の姿を両方持つ獣人の始まりだといわれている。普段はヒトの身体でいるが、長距離の移動や戦わねばならないときは獣の姿になる」

「確かに、ヒトって素手だと弱いもんな」

「ヒトは肉より穀物類を主食としているせいか、魔石を使う程度の魔力はあっても、魔石を作り出すほどの力はないのが特徴だ」

「だからピノーはアクセサリーしてなかったのか」

ふむふむと納得していると、王様は勝手を知った様子で建物の中を歩きまわる。質素な応接室に食堂、小さなベッドの並んだ寝室がいくつも続き、一番奥の炊事場で足を止める。別の場所も見てみたくて、メルヒオールとは違う方向に進んでみる。

かまどのある炊事場を通り抜け、裏手に出る。作業場のような庭に出た。割りかけの薪が積んであったり、雑多な小物が重ねてあったりと、生活感のある庭だ。

小柄な老女が濡れた洗濯物が入った桶を持ち、奥にある井戸の脇をよたよたと歩いている。行く先には物干し竿らしい棒があるから、そこへ干しに行くのだろう。身長は俺の肩までの背丈しかない。二メートル前後の獣人たちが多いことを考えると、かなり小さい部類に入る。

「ばあちゃん、腰ヤられるぞ」

びっくりさせないよう声をかけ、桶を代わりに持ってやった。見た目以上の重さにちょっとふらついてしまったが、俺だって男だ。笑顔の下で歯を食いしばり、持ち上げる。

「おやおや、気の利く子だね。変わった言葉だけど、こんな子、新入りにいたかねぇ？」

しわがれた声の老女が俺を見上げる。

「俺、子どもじゃないんだけどな」

苦笑していると、メルヒオールが姿を現した。

「オルロフ、ここにいたか」

「その声の明るさ、魔法水はどうやら成功したようですね。ということは、こちらの方が召喚したオメガ様でいらっしゃいますか」

この人が、探していたオルロフさんだったらしい。

後ろで一つに束ねた白髪頭が、改めて俺を見上げる。彼女の頭に三角耳は見当たらない。その代わりに、黒と薄茶のまだらな羽が小さな帽子みたいに円く乗り、左右に飾り羽が一本ずつピンと立っていた。

「彼女はフクロウの獣人だ。フクロウの獣人は賢く高潔なことで有名で、シーウェルト王国の宰相は、これまでほぼフクロウの一族から輩出されている。そのうえ、困っている子どもたちのために孤児院を運営するオルロフは、シーウェルトの民から賢者と呼ばれるほどなんだ」

「大仰な呼び名でお恥ずかしいことです。孤児院を始めてから、相談事を持ち込まれることが多くなりましてな。なんらかの寄付をした者に限り、話を聞くことにしましたら、無駄に長生きしているせいか、なぜか賢者と呼ばれるようになったのです。私自身は己が見聞きしたことしか知らない、ただの婆ですがね」

「賢者様、はじめまして。こんにちは」

ぺこりと頭を下げて挨拶すると、老婆の真ん丸な目が細められ、握手を求められる。握り返した皺くちゃの手は水仕事で荒れ、冷えていた。すごく働き者のばあちゃんみたいだ。

「メルヒオール様は聡明で公平、文武両道のお方ですが、一途すぎるところがおありです。まだお詫びを申し上げていないのでしょう?」

なんの詫びか分からない。メルヒオールを見上げると、俺と同じく見当がつかない顔をしている。

小さな背を曲げ、ばあちゃんが俺に向かって頭を下げる。

「異世界から召喚されてしまうなど、あなた様には突然のことで、さぞや戸惑われましたでしょう。どうか、お許しください。我が国最後のアルファであり王族のメルヒオール様には、あなた様が必要なのです」

頭を下げられ、慌ててしまう。俺はばあちゃんの肩に手を添え、顔を上げてもらった。言葉は通じなくても、気持ちだけでも伝えたかった。

「びっくりしたけど俺の夢だった運命の番に会えたんで、結果オーライっていうか、ええと、こっちこそ呼んでくれてありがとうございます」

つたない答えしかできなかったが、分かってくれたようでほっとした。

一方、メルヒオールはきまり悪げな顔をしていた。叱られた少年のような表情は、お城の中で王様として振る舞っている普段からは想像がつかない。

「そなたを呼び出すことは、私にとっては長年の夢だったのだ。それに喜びすぎて、そなたの戸惑いを気遣えず、申し訳ない。会うために、いくら二十八年かけたといっても――」

「二十八年？」

遮ったことで、俺が何に驚いたか気づいたオルロフが、説明しようとしてくれる。

「メルヒオール様になぜあなた様が必要なのか、この婆の話を聞いてもらえますかな？」

うなずこうとして、握手したときの冷たい手を思い出す。ちょうど秋の始まりを感じさせる冷たい風が裏庭に吹き込んだ。

「聞きたいけど風も冷たいし、中で座って話さない？」

炊事場の中を指さす。手を引いてエスコートし、かまどの前に椅子を置いた。

「婆にお気遣いくださるとは、お優しい。ありがとうございます」

よいしょと言ってオルロフは腰掛けた。すかさず働き者の王様が、俺のためにもう一脚椅子を持ってきてくれた。ありがたく座らせてもらう。

「私は洗濯物を干してこよう。先に話していてくれ」

彼は再び裏口から出ると、慣れた手つきで、オルロフがやりかけていた洗濯物を干し始める。桶の中の服を取り上げ、ぎゅっと縛り直すと、びっくりするぐらい水が滴った。

お城でたくさんの人にかしずかれている王様にそんなことをさせてよいのだろうか。

「俺、手伝おっか？」

そばに駆け寄って両手を差し出し、手伝う意思を示すと、座ってオルロフの話を聞いてほしいという。

「この孤児院では身分は関係ない。王族も孤児も、一歩足を踏み入れれば同じように働き、同じ教育を受けられる。私はこの場所で、城で大人に囲まれるだけでは分からない、多くのことを学んだのだ」

てきぱきと子どもたちの服を干していくメルヒオールの手つきは、迷いがない。王族として甘えた生活を送ってきただけではない、地に足のついた様子にひそかに惚れ直してしまった。

オルロフも身を惜しまず働く王へ、満足げな視線を向ける。

「私に相談したい者は、金銭やモノで寄付するか、持たぬ者は孤児院のために何かしら働くのが条件です。メルヒオール様はここのルールに従っていらっしゃる」

気が引けつつもかまどの前に戻ると、背を丸めた老女は穏やかに話し始めた。

「最初にただの獣から獣人となったのは、のちにシーウェルト王国を建国し、王族となった狼が始まりといわれております。その古い血のせいか、狼の一族はオメガとしか子を生せない。狼にはアルファか、稀に生まれるオメガのどちらかしかおりません。狼獣人の子を産めるのは稀な同族のオメガか、ヒトやほかの獣人のオメガのみ。とはいえ、オメガがまだ百に一つ生まれる時代はまだよかった」

大きく息を吸うと、渋い顔でオルロフが付け加える。

「この四十五年、オメガは一人も生まれていないのです」

「そんなに？　一人も？」

そういえば虎の王様と話していたときも、俺を含めて二人しかいないと言っていた。生まれなくなったとはいえ、四十五年でオメガがそこまで減るとは思えない。俺がいた世界でも確かに少なかったが、絶滅を心配されるような話は聞いたことがない。

「数百年前、オメガを愛人や妻にして愛玩することが権力者の証しとして喜ばれる、悪しき風潮が起こったのです。すぐに金のために狩る者が現れ、ただでさえ稀少だったオメガがさらに稀となり、オメガからしか生まれぬアルファは自然と減っていった」

「いまじゃ、老いぼれ以外は私とプーニャ王しかいない」

仕事を終えたメルヒオールが炊事場へ戻ってくる。

「桶も片付けておいた。ほかに何かあるか？」

「ありがとうございます、助かりました。ついでにお茶もお願いできますか。場所は前と変わっておりません」

彼の響くような太い声が、もちろんだと請け負う。手際の良い姿にオルロフは微笑んだが、厳しい現実を語ると瞳がかげった。

「狼以外の獣人は、アルファの世継ぎに執着しなければ、ベータとも子を生せる。しかし、狼はオメガ以外と子を生した例はございません。王として国家を統治してきた狼が不在となれば、アトの政体のように複数のベータたちでの合議制に変わらねばならないでしょう」

オルロフの声音は真剣だ。しかし、俺は『コッカをトウチ』とか『セイタイ』がどうのとかってあたりから話についていけなくなった。ムズカシイ話は苦手なのだ。

——ごうぎせい、合、犠牲？　犠牲が合わさって増えるってこと？　整体ってマッサージみたいなやつだよな？　なんでマッサージ？

じっと黙りこくる俺が二人には深刻そうに見えるらしく、神妙な空気が漂う。もう一回説明してくれと身振りで示そうかと思ったが、たぶん何度繰り返されても分からないだろう。悩んでいるうちに、話は進んでしまう。

「しかし、穏やかなヒトと、荒々しい獣を祖に持つ獣人とは違う。特に犬たちは、力を認めた者にしか跪くまい」

頭を振って重々しく語り終えた彼女は、厳しいまなざしで俺を見る。真剣に話してもらえばもらうほど、なんとか理解したいと思うが、気持ちだけでは難しい。

「うーん……」

口をへの字に曲げ、唸るので精いっぱいだ。

素朴なカップに入ったお茶がテーブルに出される。メルヒオールも椅子に座ると、カップを手にした。

「狼の王族がいなくなれば、いまは一つにまとまっている獣人が、分裂や内紛を起こす可能性がある。だからこそ、大掛かりな魔法を使ってでもオメガの召喚が必要だったのだ」

ありがたいことに、メルヒオールの説明は分かりやすくて助かった。

「……と、ここまでは建前じゃ」

瞬きをしたオルロフの表情が、穏やかなものに変わる。

「本音は、お小さいころからご教育させていただいたメルヒオール様に、お幸せになっていただきたいだけ。王位は孤独なものですから」

「分かち合う一族がいなければなおさらな」

俯いたメルヒオールの寂しげな表情に、目が奪われる。素顔を垣間見た気がした。

「先王様も憂い、このお方が生まれた日から魔術を使ったオメガ探しを始められましたが、十年かけて分かったのは、この世界にはもう新たなオメガはいないということでした。そのころすでにメルヒオール様は、こちらに遊びに来ておられました。悪さをするたびに叱れば叱るほど、情が湧く。このお方が将来背負う重責と孤独を考えると、どうにかして差し上げたくてしょうがなかったのです」

――ばあちゃんは、メルがかわいいってことだな！

大雑把に理解した俺は、うんうんと威勢の良い相槌を打つ。

「オルロフは、異世界から番となるべきオメガを連れてくるよう、父上へ進言してくれたのだ。古の魔術を調べ、異世界を覗き見る魔術があることを見つけてくれた。最高の魔術師たちを集め、これをもとに新たな魔術、異世界のオメガをこちらへ導く魔術を作り出せと」

「集った魔術師たちの活躍と先王様のご英断があればこそです。彼らはそこからさらに十年かけ、王家の秘宝だった魔石をいくつも駆使し、覗いた異世界であなた様を見つけました。それから再び八年の年月をかけて国中の魔石を買い上げ、かき集めたのです」

「父は五年前に亡くなってしまったが、それまで私も王子として父を支え、王位についた者のあるべき姿を学ばせてもらった」

話すメルヒオールの背中がぴんと伸びる。子どものころ多忙でほとんど会えなかったと言っていたが、王として国に尽くした父親を尊敬しているのが伝わってくる。

「残念なことに、その成果を見る前に先王様は亡くなられました。しかし、メルヒオール陛下がご立派に王位を引き継ぎ、こうして国を挙げての大事業として、あなた様を召喚したのです」

細かい話はついていけなかったが、魔石をむちゃくちゃ使ったということなら分かった。それと王様の両親はどちらも亡くなっていることも。分かち合う一族がいないという話は、本当に一人きりだという意味だったようだ。

ふと、運命の番というフレーズが出なかったことに首を捻る。

——オメガなら召喚するのは誰でもよかったたってこと？　運命の番の考え方自体、この世界にはないのかな。ただの一目惚れで、幻想だったりして……。

俺の落ちた気分をよそに、生真面目な王様は国家財政について熱心に語る。

「魔石は税金として毎年国庫に納められるものなのだが、この二十八年で、国で保管していた魔石は枯渇してしまった。あとは医療用としてわずかに残しているだけだ。言葉の魔法水を作るにも、プーニャ国の力を借りねばならなくなったのは、そういうわけなのだ」

『税金』というフレーズが出た時点で、またもや話について行けない。雰囲気だけで判断するなら、プーニャ王から魔石を借金みたいに借りているらしいってことだ。たぶんそれも俺のためっていうか、子どもが欲しいからってことなんだろう。

「うーん、これはムズカシイ言葉でエッチしようって口説かれてんのかな？」

言葉が通じるからといって、相手の話が理解できるとは限らない。手ごたえのない俺のリアクションに、賢いオルロフは何かを感じたのか薄目になっている。やっと召喚したオメガのおバカ加減を察してくれたのか、話を変えてくれた。

「こちらをご覧ください」

身に着けていた魔石の耳飾りを外し、見せてくれる。まだ着け始めたばかりらしく、宝石というより、ちょっと綺麗な砂利石程度だ。

ひょいと手を伸ばし、並んだ小さな壺の一つを手に取ると、中身を少量摘まむ。差し出された手のひらには、胡麻《ごま》に似た黒い粒がある。

「これは炒って食べる植物の種です。まだ炒る前ですから、土にタネとして蒔けばまた芽が出るでしょう」

黒い粒と一緒に耳飾りを渡される。

「さてナントカ様――」

「ちょっと待った！　キリヤだ。その名は間違いだったのだ！」

焦って訂正するメルヒオールに、オルロフが呆れたようにため息をつく。

「メルヒオール様がどうせ聞き間違えたのでしょう？　狼は思い込みが激しいと申しますからね。いくら知力や戦闘力が高くとも、うぬぼれては愚直に陥り、番に愛想を尽かされますぞ」

数時間前に耳したのとよく似たフレーズに、ぷっと吹き出してしまう。言い返そうとしていたメルヒオールは、笑った俺を見てしおらしくうなずいた。

「分かった。重々気を付ける」

笑う俺としょげたメルヒオールに、ばあちゃんは目を細める。

「お二人の仲が良いようで何よりです。さてキリヤ様、先ほど渡した耳飾りとこの種を一緒に握りしめ、芽吹くよう念じてみてくださいますかな?」

「俺、魔石は使えないみたいなんだけど……」

言われるがまま、気合を入れてうんうん唸って力を込めたが、ライターみたいな石のときと同じで、何も起こらなかった。

――俺、不器用だもんなぁ。それにしても少しくらい反応したっていいのに。

不満そうな顔をすると、オルロフはやけににっこり微笑んだ。にこやかなのに、なぜか妙な迫力がにじんでいる。

「キリヤ様はこの世界のお生まれではございませんから、魔力もないのです。ですが、狼は獣人のなかで最も魔力量が多くていらっしゃる。王の体液を取り込み続ければ、そのうちヒト程度の魔力なら身につくでしょう。気になさいますな」

分かっているならなぜ試させたのかと思ったが、その疑問はものの数秒で明らかになった。

「お二人、まだ契っておられませんね? 初夜に失敗なさいましたか」

うっと言葉に詰まるメルヒオールの隣で、俺は遠い目をする。

――ばあちゃん、運命の番の愛は赤ちゃんプレイに負けたんだよ……。

「お二人はまず仲良くなさいますよう。数十年分の税金、国庫に溜めてきた魔石をすべて注ぎ込んだ労力を、どうかお忘れくださいますな」

恭しい嘆願に、メルヒオールも王らしい重々しさで答える。

「すべてこの国の民から差し出された税であり、先の王たちが後代の民のために残してきた財産だ。どれも私個人が勝手にしてよいものではないことは承知している。だが、彼の意思も尊重したい」

「そのお言葉は聞かなかったことに致しましょう。私情で務めを投げ出せるほど、王族の義務は軽くありません」

狼耳がゆっくりとヘタっていく。だよなぁと、俺の肩も一緒に下がった。王様業は甘くない。

——そういや赤ちゃん言葉はあれから聞いてないけど、諦めたのかな？　もしまたあんな調子で囁かれたら、俺、笑うかも……あの最中に笑うのだけは絶対マズイ!!　ただでさえ色気がないのに、愛想尽かされちゃうよ！

これが俺の両親なら、赤ちゃんプレイも見事に切り返すだろうし、彼らの色気の前ではどんなちんこもワクワク勃起に違いない。しかし、あいにく俺は童貞処女のテクなしだ。

——親の言うこと、ちゃんと聞いとけばよかった……。

親のありがたみというものがこういうことなのかどうかは知らないが、運命の番が目の前にいるのに、ほかの誰かでトレーニングを積むわけにもいかない。

神妙な顔をする俺に、誤解した二人は気遣わしい表情を見せ、メルヒオールは肩を抱いて元気づけてくれた。

帰り際、メルヒオールはオルロフに呼び止められ、何やら耳打ちされていた。一メートル近い身長差での耳打ちは姿勢の維持が難しく、メルヒオールはほぼしゃがんでいる。

サイズ感の違いすぎる二人を眺めながら、俺がためらっている子育て問題について、どうにかして話し合わねばと頭を悩ませた。


それから日を追うごとに気温は下がり、木々の葉が色づき始めた。みるみるうちに季節は次へ移った。

言葉が通じるようになっても、王様は相変わらず俺を四六時中そばに置いてくれる。膝に乗せたまま報告書を読んだり、軽食を一緒に摘まんだりする。初めは会議中も膝に座っていていいのかと戸惑ったものの、いまでは膝上暮らしもだいぶ板についた。

特に気温の下がる夜は、温かいので悪くない。城内の移動なら抱きかかえたままという溺愛ぶりも嬉しい。

——俺より二まわり大きな身体してるから、膝の上もそこそこ居心地がいいんだよなぁ。

運命の番の影響だろうと思われるが、なんだか身体が熱くなるような男らしい香りがするのも、ちょっとどころではなく好きだ。身体がいつも少しだけ興奮しているみたいに、いけない気分になる。メルヒオールの方はしれっと平気な顔をしているから、そんなことを考えているのは俺だけなのかもしれない。

さすがに城の外は別だが、城内ならばどこでも連れていってくれるのは、いろんなところを見られて楽しい。それと、ピノーには恋人がいるらしい。将軍と呼ばれる、黒い犬耳の獣人だ。王様が仕事をする部屋によく出入りしている男だが、廊下で行き会うと必ずピノーと目線を交わすので、さすがの俺も気づいてしまった。

ピノーの恋人は王様と親しいみたいだし、側近の人たちも俺の存在に慣れてくれた。だが、それ以外の人たちは、俺を抱きかかえて歩く王様を見るとびっくりしている。驚きのあまり、まじまじと見られることも多い。

そのたびにメルヒオールは彼らへ同じ注意をする。

「キリヤを直接見るな。お前たちの忠誠心を疑う気はないが、キリヤの魅力は罪作りなほどだ。お前たちが邪念を持たないとも限らない。お前たち自身のためにも、必ず顔は伏せろ」

ほんのちょっと視線を上げてしまった人にさえ、飽きないのかなと思うほど、生真面目に繰り返す。

それを聞かされる俺はちょっとげんなりしてしまう。

——もしかして最初の宴で俺を紹介したとき、みんな変な反応してたのってこれ？

どうりで豹のおじさん以外、誰も目を合わせてくれなかったわけだと、納得する。

たまたまその場に居合わせただけの下級官吏や仕事熱心な掃除人が困り顔で耳を伏せ、しっぽを丸める姿は気の毒でならない。彼らにそんな気がないのは自分が一番分かっている。

「メル、くどい！」

しかりつけるように名前を呼ぶと、メルヒオールの耳がぱっと伏せられる。

「キリヤ、彼らだけじゃない。そなたを目にした者は皆、本当は恋に落ちているに違いないのだ。私の手前、堪えてくれているにすぎない。彼らの恋心をこれ以上刺激しないでやってくれ」

「狼が一途っていっても、度がすぎるだろ……」

臣下を思いやる立派な王様は、あさってな方向で憂いている。なぜこれほど俺の魅力最強説を妄信できるのか、さっぱり理解できない。

いくら俺がメルヒオールを大好きでも、一日中膝の上は飽きてしまう。たまに下りて運動しようとしても、常にメルヒオールの視界に収まるところにいろと言う。そばにいるのは嫌じゃないけれど、日々目にするうちに彼の激務ぶりの方が気になった。

トラブルが起これば、当事者から直接話を聞こうと駆けまわり、王様のくせに昔の熱血サラリーマンみたいな働きぶりだ。

また仕事かよって目で見れば、どこにも連れていけずにすまないと謝られた。

オメガの召喚や、プーニャから魔石を借り入れて作った言葉の魔法水など、そういった俺関係のことで普段の政務が滞ってしまったからだと言われれば黙るしかない。獣人の体力がすごいとしても、ひと月経っても変わらない働きぶりを、周りの誰も注意しない。慢性的に過労状態なのが心配だ。

――勤労の心がけは立派かもしれないけど、いくらアルファでも忙しすぎない？

昨日なんて、朝方まで報告書らしきものを読んでいた。手を引っ張って寝台に連れていき、寝ろと身振りで示したら、困っている民がいたら全力を尽くすのは当然の責務だと力説された。

こんな責任感のかたまりなのだから、子づくりせねばと焦っているのかと思いきや、無理強いはしないと言う。同じ寝台で眠ることに慣れたいまも、まったく触れてこない。俺は少なからずホッとしたものの、この生真面目な男が気にしていないはずはないと思う。

――責任感じてるよな。俺には聞こえてこないけど、まだかまだかと周りから催促されてんのは間違いないだろうし。

オメガの妃の腹が膨れていないか、城の人々はこっそり視線を向けてくる。ピノーやジオは、彼らに俺の姿が極力見えないよう気を配ってくれているが、避ければ避けるほど気になるものだ。

「うーん、なんだかなぁ。うまく言えないけどモヤモヤする。すんごくモヤる」

メルヒオールの方は、頭を撫でたり、頬にちゅっとしてきたりする程度で充分楽しそうだ。だが、俺にかまっているとき以外は眉間に皺を寄せているのが気になった。

§　§　§

私は新たな発見をした。なんと、冬のキリヤもかわいい。

初雪以降、我がシーウェルト王国の都は、冬を宣言するような厳しい寒さに見舞われた。

獣人である我々はヒトより高い体温を持つため寒さに強い。冬でも長衣を一枚増やすだけで充分だ。足元もサンダルを革靴に履き替えるだけだし、吹雪だろうと獣姿になればさほど活動を制限されることはない。

だが、毛皮のないヒトにはつらい季節らしい。木枠の窓の隙間から、冷たい風が吹き込んでくるたびに、キリヤとピノーの二人はまるまると着膨れした身体を震わせる。

クラース将軍と結婚して二年目のピノーは、ある程度慣れたとはいえ、胴まわりが倍に膨れている。キリヤはもっと寒がりで、ピノーよりさらに二まわり着膨れするほど着込んでいた。

靴下は毛糸と絹の二枚重ねにし、さらにロングブーツを履かねば足がかじかんでしまうらしい。また、綿の入った上着に同じく綿の入った長衣、その上からウール地のコートと兎の毛皮のマントを二重に羽織り、さらに薄くて短い襟巻きの上に、分厚い毛糸のマフラーをぐるぐると足している。そのシルエットは雪だるまを通り越し、丸に近い。

つまり、眩暈がするほどかわいい。

室内では雪だるま程度の着膨れ具合だが、それもまた愛らしい。

キリヤは私が城内を連れ歩くのにすっかり慣れ、公務中の私の膝上でこちらの言語の練習をするほど自由に過ごしてくれる。しかし、勉強はなかなか進まないらしく、相変わらずあのいまいましいテモテモクシャンタ以外習得できていないようだ。

一向に上達しないことに本人も焦っているのが伝わってくる。最近はとうとう不貞腐れてしまったのか勉強をやめ、難しい顔で考え込んでいる。また、夜更けまで仕事が延びる際は先に眠ってもらっていたのだが、このごろは最後までそばにいる。何かしら考える部分があるようだ。

彼が言語習得で苦戦しているのは、私が良かれと思って作った言葉の魔法水も原因していると思われる。

耳に入る言葉はすべて彼の知る言語へ変換されてしまうため、こちらの発音を聞き取ろうにもできないのだ。我らの話を理解できるようになったのは大きいが、代わりにこちらの言葉を発するのは、前より難しくなってしまった。

「苦しんでいるキリヤに何もしてやれないのは心苦しいな」

「キリヤ様が話せるよう、また言葉の魔法水を作ろうなどと言い出すのではないでしょうな？」

クラース将軍は机の上に書類を置くと、当たり前な顔でピノーが座る長椅子へ腰を下ろす。自然な流れで手まで握る様子は、二年目とはいえまだまだ新婚さに溢れている。将軍がこれほど妻にべったりだとは知らなかった。どうりで側仕えとして登城させるのを渋っていたはずだ。

出された書類は、地方の砦から上がってきた修繕要請だ。以前なら副官に持ってこさせていたくせに、この部屋に来ればピノーに会えると分かってから、何かとかこつけて出入りするようになった。

「意思疎通にご苦労されているのはお気の毒だと思うが、キリヤ様をこちらの世界に召喚するまで、どれほど王国の魔石を使い尽くしたかは陛下が一番ご存じのはず。これ以上他国から魔石を借入するのは、無能さを証明するようなものですぞ」

将軍の言葉に、膝の上のキリヤが身体を強張らせる。彼に聞かせたくなかった話をする将軍を睨みつけた。

「キリヤの努力と苦悩を知らぬお前が口を出すな！　しかも見ろ！　雪だるまみたいに愛らしい姿で悩んでいるのだぞ？　胸を射抜かれぬお前は血が通っていないのではないか？　ピノーに嫌われても知らんぞ」

言い返すとクラース将軍は耳を伏せ、悔しそうに唸った。

「そなたが負い目を感じる必要はない。キリヤ、魔石の借入は我らがしたくてしたことなのだ」

俯く彼を抱きしめ、優しく声をかける。しかし、彼は顔を上げてくれなかった。ため息をつき、不満げなクラース将軍へ話を向ける。

「もう借入をするつもりはないゆえ安心しろ。私はただ、異世界で苦労する妻を思いやっているだけだ」

「せめて、遅くまで仕事せず早めに切り上げては？　陛下が直接言葉をお教えすれば、少しぐらいキリヤ様も話せる――」

いつも穏やかなピノーが、音が立つほど平手で将軍の腕を叩き、黙らせる。

「クラース！　余計なことを言わないでください！　キリヤ様だって充分努力なさっています。あなただって人に指摘されたくないことぐらいあるでしょうに」

激昂するピノーの姿に、キリヤも含め周囲がぎょっと驚く。続けざまに私たち二人に怒られた将軍は、しおしおと肩を落とした。普段、いかつい顔で兵士たちに檄《げき》を飛ばしている姿からは想像もつかないしおれっぷりだ。

「××、ピノー……」

キリヤがすまなそうな声でピノーの名をつぶやき、次に私へ戸惑った視線を向ける。

「キリヤ、彼らは夫婦なのだ。偏屈な一族に縛られていない限り、同性同士の婚姻は広く認められている。この国の冬はヒトには厳しい。だから定住しているヒトがそもそも少ないのだ。そこで、将軍の配偶者のピノーにそなたの側仕えを頼んだのだよ」

うなずくキリヤの視線は、心配そうにピノーへ向けられている。自分のせいでケンカさせてしまったことに負い目を感じているのだ。

すっかりいじけた将軍は口を尖らせ、ぶつぶつと愚痴をこぼす。甘えの混じったしぐさは、恋人の前で見せる顔なのだろう。いかつい顔にまったく似合っていない。

「身の回りの世話をするのに獣人だけでは心もとないというし、身元のしっかりしたヒトはピノーぐらいしかいないといわれて承知した。しかし本来なら俺の妻として陛下の結婚の披露目に出られるピノーが裏方で出席できなかったうえに、これほど大変な仕事だと分かっていたら――」

「クラース！　黙っていれば将軍としての威厳もおありになるのに、口を開くと余計なことばかり！　一度承知したものにくだくだ文句を並べるのは男らしくありません」

「一人で宴に出てもつまらん。俺だって皆にお前を見せびらかしたかった……」

「あなたは本当に……これは私の仕事です。いえ、いまは仕事以上にキリヤ様にお仕えすることに喜びとやりがいを感じているのです。それを邪魔するなんて、もうあなたの話は聞きたくありません！」

きつい言葉にクラース将軍もついにむっと眉根を寄せる。

「お前が大変なのは見ていれば分かる。この先も意思疎通が難しいなら、キリヤ様がご懐妊なさったらお前はもっと苦労することになる。夫が心配して何が悪い！」

「馬鹿かあなたは！」

立ち上がったピノーがわなわなと怒りで手を震わせ、こぶしを作る。腰を入れた捻りで、力強く将軍の胸を殴った。さすがの将軍も堪えきれずゲホッと咳き込む。

「友の幸せのために黙っていたが、クラースは剣の腕以外は九歳のころから変わっていない。もったいない嫁をもらったと思っていたが、ついに奥方に馬鹿がバレたようだな」

王位につくまでは憎まれ口を叩き合っていた仲だ。妻に叱られた将軍を見て、つい口が滑る。

気心の知れた相手とはいえ、妊娠するようなことをしていない我らにとって、将軍の心配は繊細な話題だ。それを夫が能天気に口にするということは、ピノーは守秘義務を厳密に守ってくれているということだ。改めて、信頼に足る者をキリヤの側仕えにできてよかったと思う。

だが、いずれにしろ当事者として、気まずい話題には変わりない。

己の膝の上を見れば、キリヤの背中は丸まり、息を詰めている。きっと頭の中は自己嫌悪でいっぱいに違いない。

「王族である以上、なすことすべて人々に注目され、良くも悪くも評価されるのに私は慣れている。だが、キリヤはそうではないだろう。私のせいで異世界に来なければ、こんな苦労はなかったかもしれない。それでも彼は私を嫌うことなく、こうしてそばにいてくれる。まずはそれに感謝したい」

「陛下……」

同じことを思っていたのか、ピノーが声を詰まらせる。

「人々が世継ぎを望む気持ちは分かるが、子どもがいなくとも私が彼を愛することの障壁にはならない。お前たちの前だから口にできるが、キリヤを愛しているいまでは、子がこの先恵まれなかったとしても、些細なことに思えるのだ。そんなことがなくとも、私は彼を愛し抜く自信があるし、国の先行きに問題があるというなら、キリヤのためになんとかしてやりたいとすら思う」

彼をあらゆることから守ろうと改めて胸に誓い、強張った小柄な身体を抱きしめた。

将軍が不服げに鼻を鳴らす。

「陛下もピノーも、キリヤ様にかまけてばかりじゃないか。陛下だって、以前は頻繁に酒を酌み交わしてくださっていたのに、いまはちっともお声をかけてくださらない。家に帰ってもピノーはいないし、せめて早く帰ってきてもらおうと提案すれば二人に怒られる……俺だってだな……」

矛先が自分に向き、意外な話の流れに驚く。これはもしや、仲間外れにするなと駄々をこねられているのだろうか。ピノーの声が気遣わしいものに変わる。

「クラース、もしや寂しいのですか？」

「こっ、子ども扱いするな！　そんなわけがないだろう。俺は将軍だぞ。俺がひと睨みしただけで、失神した兵士もいるほど恐れられているのだ！」

「存じておりますよ。その倒れた兵士が心配で毎日様子を見に行っていたら、軟弱者は去れと威嚇していると誤解されたんですよね。その方が兵士を辞めたことで、あなたに睨まれたら軍を追い出されるという不名誉な噂が立ったのも知っております」

「ピノー……寂しいから、早く家に帰ってきてくれないか」

顔を赤らめたクラース将軍が、気まずそうにキリヤをちらりと見る。情けない姿を見られたと思っているようだ。

「それは私の一存では決められません」

「分かっている。だから陛下もいるところで、こうしてみっともなくとも頼んでいるのだ。家に帰ってもお前がいないなんて、なんのために結婚したのだ。たまにはキリヤ様を陛下に任せ、早く帰ってきてくれたっていいだろう」

黒い耳は倒れ、しっぽもしゅんと垂れ下がる。寂しいと耳もしっぽも主張している。

私の腕をほどき、キリヤが立ち上がる。それに合わせてピノーも立ち上がり、キリヤへどうなさいましたかと優しく声をかけた。

キリヤの手がピノーの手を握り、ぼそぼそと言葉が発せられる。

「キリヤ様、もしや謝ってくださっているのですか？　そんなことをなさる必要はないのですよ。むしろ私の夫の愚かさをお許しください」

確かに、すまなそうな様子と悲しげな異世界の響きは、謝罪の言葉に聞こえる。

背中を押して将軍の方へピノーを戻すと、何か言葉を続け、自分は私の膝の上に戻ってくる。

「一人で平気だから気にするなと？　そのような気苦労を掛けてしまうとは、重ね重ね申し訳ございません」

優秀な側仕えが察した通りらしく、キリヤは一人でも平気だと示すように、背筋をぴんと伸ばした。

「ピノー、毎日長時間拘束してしまってすまない」

私が謝罪すると、将軍の細君はとんでもないと手を振った。

「私こそ、本来ならば城に泊まり込んでお仕えすべきですのに。無理をいって通わせていただいて申し訳ありません」

「泊まり込むなんて俺は許さないぞ！　お前の髪の香りを嗅ぎながらでなければ眠れないと、お前だって知っているだろう」

そういえば自分もキリヤの髪の香りを嗅ぎながら眠るのは好きだ。意外な共通点を旧友に見出す。

夫婦の秘密を暴露されまた怒るかと思いきや、なぜかピノーは手を上げず、もじもじと困った顔をしている。

「そんなこと……もう、そういう話は二人のときに――」

「キリヤ様のためとはいえ、朝の早いピノーを疲れさせないよう俺だって一人寝で堪えて――」

「なんのお話をしているのですか！」

今度は将軍の腕を叩き、ピノーがぷりぷりと怒る。不思議だが、それを見る将軍の目は楽しそうだ。

「二人の時間を大事にしたいと思うのは俺のわがままではないだろう？」

将軍が手を握ると、恥ずかしそうに握り返すのが見えた。

「もうっ、あなたは言って良いことと悪いことが分かっていらっしゃらないんです……」

「では今夜にでも教えてくれ。それと明日は休みにしてもらおう」

「勝手なことをおっしゃらないでください!!　あなたの発言はいつも短絡的なんですよ！」

夫相手だと怒りやすいピノーに、待ってくれと声をかける。夫婦の会話に口を挟むのは、少々気まずいが仕方ない。

「ピノー、これまで休みをやれず、申し訳なかった。こうしてキリヤが近くにいてくれるおかげで、仕事も進んだ。私も今日は早めに切り上げ、明日は休みを取ってキリヤに付き添おう。だからお前も休むといい。将軍も、今後は定期的に休みを設けさせるから、分かってくれ」

「ありがたい！　さすが陛下だ！　分かってくださると信じておりましたぞ！」

「クラース、喜ぶ前に言うべきことがあるのではありませんか？」

ピノーが将軍を立たせ、姿勢を正すよう背中をぴしゃりと叩く。素直に従った将軍が私たちへ向け、深々と頭を下げた。

「俺もわがままを言いすぎた。すまない。キリヤ様にも無神経なことを言ってしまい、申し訳なかった」

「お前の謝罪を受け入れよう。キリヤはどうだ？　無理に許さなくともよいのだぞ？」

腕の中の彼を見れば、落ち込んだ顔を見せまいときゅっと口を引き結び、こくりとうなずいてくれた。

「陛下、妃殿下、お慈悲を賜り、ありがとうございます」

やれやれと思いながら、キリヤの艶やかな髪を撫でる。すると、黒い瞳がきょろりと私を見上げ、急に瞬きを増やす。泣くまいと堪えていたのに、余計なことをしないでくれと言われている気がして、慌てて手を下ろしたが遅かった。

噛み締めた唇がへの字に曲がり、ついに俯いてしまう。みるみるうちに再び背中も丸まってしまった。自分を責めているに違いない様子に、胸が痛む。

「キリヤ、二人が自分のせいでケンカしたと思っているなら違うぞ。これは痴話げんかだ。私たちも痴話げんかができるくらいに仲良くならねばな」

涙で潤んだ瞳がこちらをおずおずと見上げ、何かつぶやくとすぐにそっぽを向く。おそらく「嘘」とか、そんな意味なんだろう。

どう慰めるべきか思案していると、将軍が居心地の悪さを振りきるように立ち上がり、ピノーの手を引く。

「せっかくお許しが出たのだ。俺も休むことにするぞ。ピノー、二人で一緒に帰らないか。陛下も今日は早めに仕事を切り上げるとおっしゃった。陛下が休まれるなら、周りも堂々と休める」

「私が休まねば、確かにほかの者も休みを言い出しづらいかもしれぬな」

「陛下を支えることに不満があるわけではもちろんないのです。だが、たまには手を抜いてくださると助かるのは事実ですな」

「助言はありがたいが、仕事の手を抜くのは私の性分ではない」

「唯一の王族として品行方正に公務に励まれるのは結構ですが、それに従う者たちは陛下と同じ能力を持つアルファではなく、ベータです。足並みをそろえようとしても、陛下が手を緩めてくださらねば、我らベータは追いつけないのを忘れないでいただきたい」

それは仕事をするより早く子を生せという遠まわしな嫌みかと一瞬頭をよぎったが、彼はそんな器用な男ではない。

「アルファらしい王になれという口で、ベータに合わせろというのか」

「相反して見えるものでも、中身は同じこともあります。嫌よ嫌よも好きのうちというでしょう？恋の駆け引きではよくあることですよ」

恋と言われ、キリヤに視線を向ける。私のことを好いているような素振りをするのに、愛の行為を拒否するのがこれと同じなのだろうかと頭を巡らせたが、うまく考えがまとまらない。

友人としての口調になったクラース将軍へ、ピノーがとがめる視線を向ける。

「キリヤ様を泣かせた口で何を偉そうなことを！　陛下が寛容でいらっしゃろうとも、私は忘れませんよ！」

「ピノー……」

「あなたは毎回私がご注意申し上げてもすぐに忘れて平気で――」

「悪かったよ……」

将軍の声が小さくなり、しっぽもしょんぼり垂れてゆく。

「いつもそうやって反省したって、明日には忘れてけろりとなさるくせに」

口調はきついが、夫を睨んだ瞳はどこか優しい。

「ピノー、そう将軍を責めてやるな。彼の言いたいことは間違いじゃない。妻を思いやるのは私の責務だ」

「さすが陛下は寛大でいらっしゃる。図々しいのを承知で言わせていただければ、恋する相手のために尽くすことは責務でもなんでもありません。むしろ願望かと」

「またあなたは……そういうところですよ」

隣で呆れたり怒ったりしているピノーへ、将軍のまなざしが愛しげに向けられる。

「……私の願望か」

民のためではなく自身のために願うなど、考えたことがあったろうか。子どものころならいざ知らず、王位を継承したいまでは新鮮だ。

窓から差し込んだ柔らかい冬の陽差しが、キリヤの白い頬を照らす。外を見れば、久しぶりに雪がやんでいた。

「恋する相手の幸せは願うだけじゃ叶わない。行動あるのみです」

「×××！」

驚いたことに、クラース将軍の言葉に先に反応したのはキリヤだった。私の手を取るとぐいぐい引っ張って外へ向かう。

「どこへ行きたいのだ？」

いつものように抱き上げようとすると、自分で歩きたいと身振りで示される。

「外を散歩したいのか？」

力強く首を縦に振ったキリヤは、私を庭へ連れ出した。


大陸で北方に位置するこの国のなかでも、さらに北の山脈に囲まれたこの場所は、いったん雪が降り始めると積もるのが早い。一階部分はすでに雪に埋もれ、二階から直接外へ出られるほどになっている。

踏み固められた雪の上に、昨夜からの雪が新たな層を作っている。彼の小さな足跡を踏み壊すのが惜しい気がして、それに並ぶようあとに続いた。

繋いだままの手を引かれ、雪の上をともに進む。踏み出すたびにきゅっきゅとネズミの鳴き声に似た音が立ち、白い頬がほころんだ。つられて私も同じく頬を緩ませてしまう。

愛おしいと思う。それは守りたい気持ちとつながっていて、どれほど必要なことであっても彼が傷つくのならば、私が盾となり守ってやりたい。私と褥《しとね》をともにしたくないのならば、その意思もまた守ってやりたかった。

「気分転換に散歩をするのも悪くないな」

彼の行動に賛同したつもりで口にしたが、なぜだか彼は反論らしき口調となる。

「散歩じゃないのか？　明日休むのなら、今日中にある程度仕事を進めておきたいのだが」

キリヤが断固拒否するとばかりに首を力強く横に振る。

「どうやらキリヤは将軍と同じ意見のようだ。なら降参だ」

任せると伝えると、彼は城をぐるりと回り、街並みを見下ろせる場所で立ち止まる。妻の明るい表情を見ているだけで、私も楽しくなる。

皆が毎日家に帰るのは、こういう家族の笑顔を見たいからだろうかと思った。

§　§　§

気にするなと言われたけれど、ピノー夫婦のケンカに俺は責任を感じていた。身体が大きくて強そうな、ちょっと癖はあるけどピノーのことが大好きらしい将軍が寂しいと言うのだ。なんとかしなければと思った。

言葉はできないままだが、メルヒオールとの微妙な関係の改善にむけて、自分から動いてみることにする。まずは仕事ばかりの王様からだ。

手を引いて外へ連れ出す。途中で執務室に戻るつもりだったメルヒオールは、俺がぶんぶん首を振ったら仕事を諦めてくれた。

二人で王城の周りを散歩した。雪化粧された街並みを見下ろすのも、二人だと楽しい。街では馬車も荷車も使えない代わりに、逞しい獣人たちが両肩と頭に荷物を乗せて歩いていた。

驚くことに、彼らは夏と装いがほぼ変わらない。サンダルこそ革靴に変わったものの、寒くとも平気なようだ。王様もくるぶし丈のコートが一枚増えただけだ。黒のウール地に金のビーズで施された刺繍が見事だ。

散歩後は宮殿に帰り、二人で暖炉の前にクッションを敷いて座った。温かいお茶とともにまったりする。俺は定位置であるメルの脚の間に座り、硬い腹筋を背もたれに寝そべった。

「キリヤ、何か困っていることや、欲しいものはないか？」

メルヒオールは、事あるごとに同じことを聞く。俺もいつもと同様に首を振って答えた。

「これは私からの贈り物だ」

金の置物が目の前に差し出される。

いらないと意思表示したばかりのはずだが、王様は毎日何かしら俺に貢いでくる。毛糸の靴下は多すぎてピノーにおすそ分けしたぐらいだ。

――使わないものをもらっても置き場所に困るんだよな。いらないってはっきり伝えるのは、どうすればいいんだろ。

贈り物を意味するフレーズ『オクティゥロ』は、言葉の魔法水を飲む前に教えてもらったので憶えているが、発音が難しくてできなかった。下手なりに伝わればそれでいいかと、チャレンジすることにする。

「お、おくちおのナイナイ」

「贈り物はいらないって言いたいのか？　お・く・り・も・の、だ。ああ、これも翻訳されて聞こえてしまうのか？」

どうしようもできず、二人で肩を落とす。

――教えてもらっても、それがすでに翻訳されちゃってるから、参考にならないんだよな。こんな調子だから、なおさら憶えらんないんだけど。

過去にピノーたちから教わったときのことを思い出しながら、再度言ってみる。

「おくちうろ……」

やはり発音が違うらしい。残念そうに首を振られたが、少し考えたのち、一音だけ口にした。

「オ、」

――あ！　一音ずつだと言語変換されない！

「お！」

久しぶりにやる気を出して真似る俺を、メルヒオールは顔をほころばせて見つめる。

「ク、」

「く！」

唇を突き出し、発音する。びたんとしっぽが床を打つ音がした。こちらを見下ろす目が俺の唇に釘付けになっている。

「ティ」

妙に真剣な顔で再開された言葉に、俺は素直にならう。

「ち！」

「……ティ」

精悍な太い眉がちょっと下がった。発音を外したらしい。俺は再度言い直す。

「つぃ」

「……分かった。もっとキリヤが発音しやすい言葉にしよう」

諦めたらしいメルヒオールが、別の案を出す。俺は目を輝かせ、満面の笑みでうなずく。

――それそれ！　そういう機転、大歓迎だから！

突然、荒い鼻息がぶふぉっと俺の顔を打つ。ちょっとびっくりしたが、気にしないことにした。言葉を憶える方が先だ。

「チェ」

「ちぇ！」

「ン」

「ん！」

「ガ」

「が！」

「続けて言ってごらん」

これなら言えると思った俺は意気込んで、三つをつなげて発音する。

「ちぇんが！」

発音と同時に、俺の耳が自分の声を捉える。頭の中で響く音と、耳から入る声が別々に聞こえ、気持ちが悪い。でもこれは正しく発音できた証しだ。

「やった！　できた！」

声を弾ませたが、聞こえたフレーズが贈り物ではなかったことに首を傾げる。王様は満足そうに、大きなしっぽを揺らしている。

「上手に発音できたじゃないか。これからは何か贈り物が欲しいときは、そうやって『おねだり』と言うのだぞ」

——『おねだり』かよ！

「そのかわいい声をもう一度聞かせておくれ。さあ、おねだりと言ってごらん」

俺は下唇を突き出し、ぷいとそっぽを向く。贈り物を意味するフレーズ『オクティゥロ』を小声で何度も練習する。

「おくちうろ……おくついうろ……」

「無理するな。発音しやすい方で言え。おねだりならそなたも言いやすいだろう？」

俺が間違う姿がかわいく見えるらしく、どう見てもデレデレと鼻の下が伸び、しっぽは激しくぶんぶん左右に揺れている。

馬鹿ボンボンがちんちんと言わせようとしたほどひどくはないが、なんとなくそれに近いものを感じる。

「次は、物の大小を言ってみようか。まずは、お、大きいという意味だ」

なぜかメルヒオールの喉がごくりと鳴る。

——なんかイヤな予感がする。

「ちぇんが、ナイナイ！」

その手に乗るかと先手を打ったつもりで、何もいらないと拒絶したが、メルヒオールはやはり嬉しそうだった。

「よし、上手に言えたな」

ぐりぐりと頭を撫でられる。なんだか二人の間に、いつもと違う桃色な雰囲気が漂っている気がする。

こんな風にきちんと向かい合ったのは久しぶりで、少し気恥ずかしい。メルヒオールの方もいつもよりスキンシップが多くなり、ぎゅっと強く抱き込んだり頬にキスしたり、背中を撫でたりする。俺がムラムラしてきてしまうことばかり仕掛けられ、股間がむずむずしてしまった。

勃ちそうになるものを手で隠す。自分の本心は彼としたくてたまらないのだと実感した。

——俺からしないと、メルはこれ以上触れる気がないんだよな。子づくりのことはまだモヤモヤしてるけど……俺、やっぱメルが好きだし、そばにいると嬉しい。

ちらりと見上げる。メルヒオールも何かを察したらしく、再び荒い鼻息が俺の前髪を揺らす。

「……メル」

身を返し、太ももをまたぐようにして向かい合わせになる。途中で膝に一瞬何かが当たった。ちょっと硬くて、でも柔らかいような、変な感じの熱いもの。

——これはさすがに財政難を考えながらできることじゃないもんな。

「メル、俺のことちゃんと好きだって思ってるんだよな？」

「キリヤ、そなたは本当にかわいいな」

「前戯って知ってるか？　マジであるよな？　いきなりはダメなんだぞ？」

「何があっても、一生大事にする」

意思疎通には程遠いが、大切にしてくれていることは分かる。

「通じてないだろうけど、俺、お前が初めてなんだからな。怖いけど、メルだから許すんだからな？」

自分からゆっくり口づける。メルヒオールがカッと目を見開いて驚愕し、俺を抱いたまま突然立ち上がる。そのままお姫様抱っこで寝室へ直行した。

ベッドへ押し倒され、荒々しく脱がされる。

「キリヤから誘ってくれるなんて感激だ。ずっとそなたに私の香りをつけたくてしょうがなかった。限界だ」

口づけもまた翻弄されるばかりの勢いだ。荒いが、暴力的ではない。慌ただしく俺の身体をまさぐる手の動きもすべて嬉しく、腕を広げて受け入れた。

「んんっ……」

「私の香りをもっと深くまで、誰もそなたに手を出そうと思いもしないくらい、濃い香りを纏ってくれ」

舌を付け根から痛いほどすすられ、唇からこぼれた唾液を、舐めとられる。彼の高い体温を粘膜でダイレクトに受け取る。

「キリヤ、種を付けていいか？」

興奮しすぎて、自身の着衣をはだける手つきがおぼつかない。焦りが見えるしぐさに、求められる喜びを感じ、俺の身体の奥が一段階熱くなる。

「して、いっぱい、いっぱいして！」

ずっとこうしたかった。運命の番とやっと抱き合えた歓びで胸がいっぱいになる。感激した俺はぎゅっと抱きつく。布越しに硬い筋肉のせわしない動きが伝わってくる。

「我らの子をつくろう。キリヤが産む子はきっとかわいいだろうな。子どもをたくさん産んでくれ。そしてみんなで同じ宮殿に住むんだ。家族だ。私の家族を作ってくれ」

子どものフレーズを耳にした途端、ふと熱が冷めてしまった。夢中で抱きついていた手から力が抜ける。

――子ども？　あぁ、そうか。しちゃったら子どもができるかもしれないのか。俺が産んだら、みんな喜ぶよな。そのために呼ばれたんだから、しなきゃダメなんだ。そのためのオメガなんだから……。

運命の番と交わえる歓びに溢れていた胸の内が一気に反転し、不安に染まる。

――ここで子どもを育てる自信が持てないよ。あぁ、そもそも俺は産むことしか期待されてないのか……。なんにもできないもんな俺……。

不意に目の奥が熱くなり、涙が込み上げる。うなずかなきゃと思うのに、頭を左右に振ってしまう。

「やだ……やっぱやだよ。ごめんねメル。ダメな嫁でごめん」

不安げな声でイヤなのかと問われ、首を縦に振る。メルヒオールが、何か合点がいったのか「これか」とひとりごちた。

「嫌だけどいいのか？　クラースが言っていたのはこのことか。子を生すこととは別に、私を好いてくれる、そういう意味か？」

首を縦に振ると目の前の眉根が苦しげに寄せられる。金色の瞳が潤み、輝きが増した。

「おかしいな。嫌だと断られたのに、私だけを見てくれた気がして嬉しいと感じるなど」

「メル、わがままを怒らずに、嬉しがってくれてるの？」

「王と妃ではなく、恋人として交わることを許してくれるか？」

微笑みで答えると、優しい口づけを与えられた。ややこしい俺の気持ちを理解し、それを喜んでくれる彼が愛しくて、涙が浮かんだ。

「泣かないでくれキリヤ。何がそんなにそなたを悲しませるのか、分かってやれなくてすまない」

ぱたりと金毛の生えた耳を伏せる彼へ、身体を伸ばして自分からキスをした。彼の安堵した吐息が、濡れた俺の唇をかすめる。

「そなたを愛したい。嫌がることはしない。私を拒まないでくれ」

哀願とともに熱心に唇を吸われる。同時にメルヒオールの太くて長い指が俺の後ろをまさぐり、潜り込む。ゆっくりとほぐされると、徐々にオメガの俺のそこは潤み、濡れた音を立てる。

「ねぇ、入れるのは……やぁっ、あ……入れちゃだめなんだってば……」

いやいやと首を振る。

「安心しろ。種はつけない」

後ろにずぶずぶと指を沈めつつも、俺をむさぼるように耳や頬、鼻を舐めたり噛んだりする。その唇は顎から喉仏をなぞり、鎖骨へ下りてゆく。胸の先を食まれると、びくりと身体が震えた。すっかりすべてむかれてしまった俺は全裸で、吸われるがまま、男へ胸を突き出す。

「あぁッ」

初めて他人と触れ合う肌が、ぞわぞわとざわめく。心臓がおかしくなったみたいにだくだくと騒がしい。なんでもない肩でさえ、彼の大きな手のひらで触れられると、ぞわぞわと煽られる。

指が三本に増える。中を広げようとする、目的を持った動きがいやらしい。性器の裏を何度も撫でられた。もうそれだけでイきそうでたまらない。

「もうっ、いい加減にしろってば」

睨みつけると、耳元に甘い声が吹き込まれる。

「キリヤ、欲しいか？　だが、もう少し待っておくれ。こんなに狭いのだ。私を受け入れられるとは思えない」

「バカっ、……だったら、そこ、擦るなよぉ……」

尻を振って男の指先から逃げようとすると、頭上で喉が鳴るのが聞こえた。

「そんなに誘っても、そなたを傷つけないためには……あぁ、頼むから待ってくれないか」

――だから、指抜けってば。それか、それか――アレをくれ。

いたずらで言わされた下品な言葉が頭をよぎる。絶対口にするものかと唇を噛みしめた。

太い三本の指がぐいぐいと後腔へ押し入るたびに、咥える縁が押し広げられる。反発とも媚びともいえる動きで、指を含んだ部分を食い絞める。突き入れられた指先が、何度も擦った場所をぐりりと押した。

「あぁーッ、んんッ」

喉を晒し、のけぞる。快感と緊張で頂上にわだかまっていたものが、一気に地上へ突き落とされたかのようだった。不意に訪れた解放に、呆然と息をつく。

金色の瞳が、精を放った俺の股間を見つめる。見られていると思うだけで、根元まで含まされた三本の指をきゅうきゅう締め付けてしまう。指が抜かれると、ぬちりと濡れた音が立った。

ぼんやりとメルヒオールを見上げる。獲物を狙うような恐ろしげな光が、男の瞳によぎった。獣としての目で、力の抜けた全身を舐めるように見定められる。どこから食らおうかと狙っているみたいだ。

二人がつく荒い息が、奇妙にそろう。

大きな手で膝裏を持ち上げられ、視界の端でゆらゆらと揺れていたものがあてがわれた。それだけで、彼の滾った熱が後ろの粘膜を通して注がれるような錯覚が起きる。

「やっとそなたと……」

割れた腹筋がぐっと動き、腰に力が入ったのが見えた。

侵入してきたものを力を抜いて受け入れられたのは最初の一瞬だけだった。明らかに違う質量と胴まわりに、反射的に腰が引ける。

ずり上がった俺の目には、的を外して上下に揺れる、見慣れた己のものより三倍はある剛直が見えた。筋張ったメルヒオールの手が、漲った自身へ潤滑油を刷り込む。しごくたびに、性器がぐんと角度を上向ける。滴るオイルが、頭髪と同じ金色の陰毛を濡らした。

「ムリ！　初心者には無理！」

逃げようとしたが、大柄な獣人から両の膝裏を握られ、尻を上げさせられてはどうにもならない。

「そう尻を振って私を煽るな。いまくれてやる」

「ひッ、あッ、あぁぁ……あつ……い」

図太い熱でゆっくりと貫かれる。まさに串刺しといってよい長大さのものに、ずぶずぶと侵入されたた。たっぷり時間をかけてほぐされても、オメガとしての反応で潤っていなければ、とても無理だ。

体温の違うものは、受け入れたすぼまりを限界まで押し広げてくる。

「キリヤ、ずっとこうしたかった。大丈夫か？　つらくないか？」

「メル、熱い……あ、動いちゃだめ……」

腰の奥で渦巻いていた官能が衝撃で霧散し、息一つするのでさえ震えた。

「言葉は分からないが、キリヤの中が喜んでいるのは分かるぞ。私を痛いほど食い絞めてくるし、中がねっとりとうねって絡みついて来る。あぁ、キリヤも気持ちいいのだな？」

ぴんと伸びきった縁が怖いほど張っている。膨らみすぎた風船みたいに危なっかしいそこをゆらされ、痛みと不安で涙が浮かんだ。

「や、動くなってば！」

「もしや物足りないのか？　もっと激しく突き上げた方がよいか？」

気持ちよくもないし、物足りなくもない俺は、必死でブンブン頭を振って否定する。

「イヤ！　ダメ！」

恥をかなぐり捨てて泣いて首を振ると、やっと動きが止まる。見上げた先で、メルヒオールは何かを堪えるように何度も深呼吸を繰り返した。苦しかったものが勢いを失い、少しだけ楽になる。

「泣いて悦んでいるわけではないのだな？」

往生際の悪いことに確認される。睨み返しながらうなずくと、ようやく分かってくれた。

「大きくてすまない。もっと小さくできればいいのだが、キリヤがかわいければかわいいほどどうにもならないのだ。つらいのならばやめる……が、私はもっとそなたの中にいたい。駄目か？」

そういう彼の額には、いくつも汗が浮かんでいた。その汗を舐めたい衝動に駆られ、腕を伸ばし、指の腹でなぞって口に含む。

俺がうっすらとした塩辛さを味わっている間も、王様は黙って俺の反応を待ってくれている。その切ない顔を見ているうちに、ちりぢりになったはずの快感が、再び集まりだす。

「入れるだけだ。動かさない。もちろん種も出さない」

そう言ってしばらくじっとしていたメルヒオールだが、眉間の皺を深くしてしばらく何かに耐え、おもむろに口を開く。

「やはり少し動かしてもいいだろうか?」

正直な申し出に、思わず笑ってしまう。身体から力が抜け、ふっと彼のものが馴染んだ気がした。苦しさはなりを潜め、代わりに受け入れた尻の中が、唾を飲み込むようにうごめいた。

「ん……メル……」

「いいのだな? いいのならうなずいておくれ。すぐにやめたいのなら首を横に振れば、そうする」

己の喉が唾を飲み込む音が頭に響く。

ちらりと向けた視線だけで答えると、再び唇が深く合わされた。

たっぷりとキスをし、互いの唾液を飲み込む。花の蜜のような甘さが不思議だった。何度も舌を絡ませ合ううちに、ずくずくとメルヒオールのもので身体を揺さぶられる。激しくはないが、確かな存在を身の内に感じ、感じ入った声をともに上げる。

「だめだ、持たない……キリヤ!」

低い唸り声とともに、一気に抜かれる。再び勃ち上がった目の前の屹立へ向け、ドプドプと放たれた。男の精を蜜のごとくかけられたまま握られ、ぬちぬちと卑猥な音とともにしごかれる。先端ににじんだものをすくい取ったメルヒオールに、精を乳首に塗り付けられ、舐められた。

「あっ、あ、あぁ……んんんッ」

俺が乳首を嚙まれながら達したときには、仰向けになった俺にメルヒオールが覆いかぶさっていた。太ももに熱い肉茎を挟み、会陰に硬い亀頭がぐりぐりと擦り付けられる。

俺の方はとっくに終わっているのだが、獣人の彼はまだまだ終わる様子がない。今度は横たわる俺の背後に回ると、大きな手で尻のすぐ下の太ももを鷲摑みにしてぎゅっと寄せられる。狭まった隙間に熱塊が押し込まれ、幾度も繰り返し突き上げられた。

そうしてさらに一度放ったあとは、今度は四つん這いにさせられ、再び背後から挑まれた。

——素股ってこんなに激しいものだっけ……。

熱い陰茎はときおり、尻のはざまのすぼまりに円を描くように先を擦り付ける。先端をわずかに食まされ、入りたげに軽く圧迫する。またされてしまうのではと恐れた俺は、慌ててぎゅっと尻を締め、彼を苦笑させた。

摑まれた太ももは、彼のものでべたべただ。一度達して緩く勃ったままの俺も、同じくメルヒオールのもので濡れている。濡れそぼった陰毛ごと摑まれ、大きな手で揉みくちゃにされる。

「もう、無理、イったってば……」

頭を振って身体を逃がす。快感を堪えるメルヒオールが、震える息をそろそろと吐く。

尻のすぼまりの襞を故意にかすらせながら、陰茎が何度も太ももへ打ち込まれ、肌を叩く濡れた音が立つ。太ももの間からずるりと引き抜くと、俺を素早く仰向けにさせ、そこへ放つ。乳首にたっぷりとぶちまけられたそれを、メルヒオールにマーキングのごとく全身に塗り込まれた。

荒い息を吐く互いの唇を重ね、吐息も逃さぬとばかりに舌を絡められる。

途中で気を失ったのか、疲労のあまり寝てしまったのか、これがいつ終わったのか憶えていない。

苦しいけれど気持ちよく、痛みと似ているけれど違うような何かは、俺とメルヒオールを前よりも強く結びつけた。


翌日以降、メルヒオールが仕事や外出でいないときは、言われたこと以外は何もしないことにした。それとピノーの提案で、基本的な言葉を書いたカードを作ってもらった。散歩とかお茶とか、羽織るものが欲しいといったことを紙に書いてもらい、裏に自分でメモをして、周りに面倒を掛けないよう心掛ける。

ただ、それ以外のちょっとしたこと、例えばジオたち獣人が身に着けている魔石を見せてもらったり、きれいな石だと伝えてみたりするのは控えた。

決まったパターン以外のことを伝えようとすると、一番察してくれるピノーの手をわずらわせてしまう。自分のせいでまたあの将軍さんとピノーを揉めさせたくない。

スマホもなしに長時間じっとしているのは得意じゃないけど、仕方ない。

ただ、メルヒオールだけは困らせてもいい気がしている。本人は知らないみたいだけど、やっぱり運命の番だし、俺もほかのことは我慢しても彼に甘えるのだけはやめられない。

クラース将軍にもっと休んで俺のそばにいろと言われたメルヒオールは、午後の早い時間に仕事を切り上げるようになった。そうして俺の世話を引き受け、ピノーを日没前に帰宅させる。

仕事を終えると、メルヒオールは王城から俺たちの住まいである宮殿まで運んでくれる。寒さでまるまると着膨れした身体を抱きかかえるのはさすがの彼でも大変そうだが、いつもとてもいい笑顔で運んでくれる。

メルヒオールは中庭を突っ切り、柵の外された二階のバルコニーからそのまま屋敷へ入る。除雪しきれないため、二階にも冬用の出入り口があるのだが、着膨れして巨大な卵みたいになった俺を抱えたままでは少し窮屈らしい。少々行儀が悪いが、いつも通り窓から直接居間へ入った。中では暖炉に火が焚かれ、温かくてほっとした。

「陛下、こちらでお召し替えなさいますか？」

ジオがメルヒオールの着替えを手に入ってくる。今夜は地方の領主たちと晩餐会《ばんさんかい》があるらしい。俺が異常にモテると勘違い続行中の王様は、同席しろと言わないから俺も気楽だ。

その代わり、今夜はピノーが俺についていてくれるため、家に帰してやれないのが申し訳なかった。

部屋の中央で仁王立ちになったメルヒオールに、側仕えの人が素早く服を脱がせていく。露わになった上半身は相変わらず逞しい。運動している様子はないのに、いつも腹筋は割れているし、胸筋も硬く盛り上がっている。

視線に気づいた王様が不敵に笑う。

「物欲しげな目をしても、今夜は一緒にいてやれないぞ」

「そんなこと思ってるわけないだろ！」

『問題ありません』と書かれたカードを掲げ、ツンと背を向ける。

仕える人たちには仲睦まじい夫婦の様子に見えるらしく、控えめな微笑みを浮かべていた。

――なんだよこの空気、恥ずかしくていたたまれないんだけど。

あの日以降、毎晩一緒に眠っていた俺たちだが、しばらくしてからベッドをともにするのは三日に一度に減らした。きっちり日にちが決まっているのは、毎晩挑んでくるメルに付き合いきれないからだ。押しきられる俺も悪いのだけれど、このままでは身体が持たないと思った俺は逃げ出し、自分の寝室に閉じこもることで、要望を通した。このときはピノーを夜遅くに呼び出すことになってしまい、いかつい将軍がぷりぷり怒っているのを想像して、すごく反省した。

――だけど、あんなの毎晩できない！

次の日は昼まで腰が立たないし、身の回りの世話をしてくれるピノーもジオも満面の笑みで恥ずかしい。寝室に仕事道具を持ち込んででもそばから離れようとしないメルヒオールは、どう邪険に追い払っても上機嫌で、もっと恥ずかしかった。

一方で、番の契約は交わされなかった。俺は落胆していたけれど、俺が思う愛しているってことと、メルの好きは違うのかもしれない。

――撫でてキスして、飽きるほどかわいいって囁いてくれるのに、うなじは噛んでくれないんだよな。自分からうなじを差し出し、噛めと身振りで示すことはできるだろうが、下品だと思われたら嫌われそうでできない。

繊細な気持ちを身振り手振りだけで伝えられるとは思えない。だから、メルヒオールが何も言わない限り、俺も知りようがなかった。

あの晩の翌朝、ピノーは俺のうなじがきれいなままなのを見て、驚いていた。もちろん気づかないふりをしてくれたけれど、あとでマフラーをそっと巻いてくれたから、いたたまれなくなった。

——唯一のオメガなのに、俺は望まれてメルの嫁になったはずなのに、うなじを噛まれてない。それって、ほかの人に知られたら『恥ずかしい』ことなんだろうな。

番の契約を交わさなくとも、子どもは作れる。番えば、互いに番相手にしか発情しなくなるけれど、メルヒオールにとってみれば利便性があるわけでもない。一生あなたと添い遂げると約束を交わしたしるしになるが、しなかったからといって困ることもないだろう。

——必要ないって、思われたんだろうか。子づくり拒否するくせに番ってくれなんて、図々しいもんな。

「かわいいキリヤ、私はもう行かねばならない。また明日、迎えに来るからな」

おやすみのキスを頬に受ける。瞳を覗き込んだメルヒオールが、俺にだけ分かる小声で囁く。

「愛してるよ、キリヤ」

その途端、頬がぎこちなく引きつってしまうのが自分でも分かる。普段は平気なのに、愛していると言われると、どんな顔をしたらいいのか分からなくなる。愛しているなら、番ってくれたらいいのにと思ってしまうからだ。

平静をよそおったつもりでも顔に出てしまう俺は、メルヒオールに戸惑いを隠すことができない。こんなときは、なぜかメルヒオールもぎこちない笑みを浮かべる。

あの夜、身体を合わせなかったらこんな気持ちにもならなかったのにと、少しだけ後悔してしまった。

一人で夕食をとると、ピノーが風呂の確認をするために下がった。ジオは晩餐会の手伝いのために、メルヒオールと一緒に行ってしまったので、部屋には俺一人きりだ。

食後のお茶を飲みながら、明日は抱かれる日だなと指を折る。

――俺をメルの匂いにして、そんでいっぱいキスするのが好きなんだよな、あいつ。

思い出すだけで頬が熱くなる。最近はこんなことが多い。

うなじも噛まず、子を孕む抱き方でもないけれど、メルヒオールは気にした様子を見せない。むしろ俺の身体に放ち、塗り込むことに異常な情熱を見せている。俺の尻に精を揉み込んで激しく興奮していたから、たぶんというか、かなり気に入っていると思う。

思い出すと腹の奥が疼《うず》いた。毎日はとても無理だと思うのに、一日空くとこんな風に思い返してムズムズしてしまう。このままだと股間の形が変わってしまいそうだ。ピノーに気づかれたら恥ずかしい。

「ちょっと冷たい風に当たるか」

毛皮のマントを羽織り、マフラーを巻く。バルコニーに出ると、火照った頬を冷気が撫でる。見上げれば、砂金をばらまいたような無数の星が輝いていた。

この世界の月は、俺の知っているものより二まわりほど小さい。それだけ離れているのか小さいだけなのか知りようがないが、月明かりもそれに応じて減じてしまうため、満月でもランプなしでは歩けない。獣人たちは星明かりだけで顔を見分けることができるらしいが、俺には難しい。

雪の降らない今夜は風もなく、静かだ。

ぎゅっと雪を踏みしめる音が聞こえた。誰か来たのかと視線を巡らせたが、誰もいない。

「誰?」

この世界の夜に慣れぬ自分に見えないだけだろうかと、声をかける。庭の隅で何かが動き、男の声がした。

「言葉が分かるようになったと聞いた。会うのは披露目の宴以来だな」

庭の隅から影が進み出る。部屋の明かりに照らし出されたのは、見覚えのあるブチ柄の耳としっぽを持った男だった。獣人らしい長身だが、痩せて姿勢も悪い。宴会で俺が残した料理を空の皿と交換してくれた男だ。

男が手を胸に当て、名乗る。

「俺はサイラス。王の伯父――」

「あ！」

自己紹介は胸に手を当てるのがここの習慣だと気づく。初め、知らずにそれをして話してしまったから、ナントカと誤解されたのだと合点がいった。

「ごめんごめん。大丈夫！　どうぞどうぞ」

促すと、出鼻を挫かれたサイラスが戸惑いつつも続ける。

「……いまのシーウェルト王を産んだのは豹の獣人、俺の妹のシーラだ。聞いたことは？」

俺が首を振ると、豹獣人であるサイラスは目を細めた。

「やはり都合の良いことしか知らされていないようだな。この世界でオメガがどういう結末を辿るのか知りたくはないか？」

「こんな時間に勝手に来るヤツの話を真に受けるかよ。ダメダメ！」

身を翻し、部屋へ足を向ける。そこでサイラスがぽつりとつぶやいた。

「妹が死んだのは、全部シーウェルトの犬どもと王族のせいさ」

「メルのお母さんが？」

「俺の村はシーウェルトとプーニャの国境の山奥にある、小さくて静かなところだった。シーラは刺繍の上手な優しい子だったよ。病弱な妹に出産はとても無理だと考えた両親は、シーラがオメガだということを秘密にしていた。幸せだったんだ。シーウェルト軍が来るまではな」

怒りのにじんだ声とともに、男は手のひらを強く握りしめる。

「シーラが十五になったとき、オメガだと誰かが密告したんだ。その途端、犬どもが一方的に妹を迎えに来た。俺たちはシーラが病弱で、子はおろか王城までの長旅にも耐えられないと訴えたが無視された。軍隊は村を囲み、俺たちに大金を押し付けて妹を連れ去った。あの子の泣く声がいまも耳に残っているよ。妹は攫われたんだ」

雪を踏む音とともに、男がまた一歩進む。恨みがましい声と陰気な表情が俺へ迫る。

「妹とはそれきりさ。次に連絡が来たのは、一年後だ。産後の肥立ちが悪くて亡くなった報《しら》せだったよ。妹はまだ十六だったのに、三十も離れた男に孕ませられたんだ」

シーラのような境遇は、元の世界でもニュースで見たことがある。貧しい国に生まれたオメガは、特に不憫な目にあうことが多かった。

同じ命なのに、ちょっとした差が人生を大きく変える。オメガは出産を期待されるし、アルファは有能なリーダーであることを当然のように要求される。

「生まれた子は狼獣人だったから王族になると言われた。だが、王族と血がつながっているなど思うなと釘を刺されたよ。この国じゃ、母方の一族が力を持たぬよう、王族は狼獣人のみに徹底されている。オメガを差し出した家は形ばかりの貴族の位を与えられるが、それだけだ。生まれた子に親族として面会することもできない」

知らなかった事実と、最後の王族だと言っていたメルヒオールの悲壮な表情がうまく噛み合わない。

戸惑う俺へ、サイラスは言葉を続けた。

「身内ヅラしたいわけじゃない。シーラの子は他人、こっちだってそれで結構さ。下手に目元がシーラに似ているのが腹立たしいが、頭の中身は父親そっくりの堅物だ。反吐が出るほど狼らしい狼で、うんざりする。俺のことなんかめんどくさい虫程度にしか思っていないだろう。だが、妹の墓参りをするのにいちいち許可をもらわねばならないのだけは許せない。妹は俺の家族だ。それを勝手に断ち切る犬どもを、俺は許さない」

メルヒオールが最後の狼ならば、先代の王様以外に身内と呼べる者はほとんどいなかったということだ。この男の言う通り、王家が母方の親族を身内として扱わずに来たのなら、メルヒオールは家族というものをほとんど知らないで育ったことになる。

ばあちゃんのところで見た、彼の寂しげな表情をやっと理解できた気がした。

メルヒオールがくれた、興味の持てない贈り物の山を思い出す。俺を膝に乗せた時の満足そうな表情、抱きかかえるときも頭を撫でるときも、その手つきはとても優しいものだった。

――いまのメルの家族は俺だけで、メルに新しい家族を作ってやれるのも……。

アルファを求めるオメガの心とは別に、自分の中で何かが動く。その感覚を辿ろうとしたが、サイラスの声に遮られる。

「アルファである優秀な狼が犬と少数派の獣人を支配する。犬どもが好きそうな仕組みだ。家族を奪われようと、何も言えないんだ。馬鹿らしくなったよ。俺は貴族位を拒否し、一介の商人になった。大陸中を巡り、妹の復讐をする方法を探したんだ」

男の目が怒りで鋭く光る。

「王族など亡びればいい。オメガという理由だけで、好きでもない相手と番わねばならないなんて馬鹿げている。国は滅んでも人は残る。俺は国に縛られない商人だ。自分の行きたいところへ行き、好きに生きる。誰にも命令などされたくない。犬の獣人は組織立って動くことが得意だから軍事力にものを言わせて広い領土を維持しているが、王族がいなくなれば、内乱でそれどころじゃなくなる。お前もあいつらに無理やり従わされているんだろう？　不憫にな」

――強制されているわけじゃない。メルは俺に優しいし、あなたが前の王様がしたって言ってることもされてない。メルヒオールはいい王様だよ。

そう言いたいのに、言葉を使えない自分は何も伝えられない。悔しさに唇を嚙む。

「異世界から一方的に攫われてきたんだろう？　しかも言いたいことも言えないなんて、かわいそうに。特別に奴らが知らないことを教えてやろう。お前は不思議に思ったことはないか？　王はお前にこの世界の言葉を理解できる魔法水を飲ませたのに、逆に話せる魔法水はなぜないのか？」

いまだって魔石をほかの国から借りている状態なのだ。これ以上自分のために使わせるわけにはいかない。それに、いつまでたっても言葉を憶えられないという負い目もある。

ピノーの夫婦げんかを見てからは、不器用な俺なりに周りへ負担をかけないように努めている。迷惑を掛けないようできるだけじっとしているのはかなり退屈だけど、言葉のできない自分が悪いのだから仕方ない。

「言葉を話せるようになる魔術は高度なんだ。魔石がたとえ山ほどあったとしても、この国の魔術師には無理だ。南に下って海に出れば、偉大な魔術師がいる。そいつなら作れるって話だ。だが、大嫌いな犬どもに教えるつもりはない。もし、かわいそうなお前自身が望むなら、教えてやってもいいがな」

――メルは優しいし、将軍に怒られるぐらい骨身を惜しんで働いてる。その南の魔術師に頼んで話せるようになったら、誤解だって伝えられるのに。でも、メルが嫌いな人の言うことを信じるのは……。

逡巡する俺を見透かしたサイラスが、背を向ける。

「今夜は商人として晩餐会に招かれただけで、別にお前に会いに来たわけじゃない。あいつらに愛想笑いするのが嫌になって逃げてきたら、たまたまここへ迷い出ただけだ。妹と同じ境遇のお前に同情して話したが、信じないならそれでいい。すぐに出ていく」

「待って!」

立ち去ろうとするサイラスを思わず呼び止めてしまう。

王様からもらった金の置物を持ってくると、渡しながら欲しいという意味の「クシャンタ」を連呼した。

このときの自分は不用心に近づきすぎていた。その瞬間を待っていたサイラスに引き倒され、口を塞がれる。

「俺は犬が嫌いなんだ。腹いせにあいつらが慕う王様の、大事なオメガを攫うくらいにね」

仲間らしき大柄な男たちが足音を立てることなく現れ、俺の両手を背中で括り、動きを封じる。

サイラスは懐から大きな魔石を取り出すと、頭上に掲げる。俺を抱え上げた一団は、音もなく闇へ消えた。

全力で暴れたけれど、みぞおちに痛烈なこぶしを食らったことで、俺の意識は途切れてしまった。

肌寒さに目が覚めた。やけにすうすうするなと思ったら、着込んでいた衣服が脱がされ、一番下に着ていた裾の長いシャツだけになっていた。ブーツは履いたままなのでいくらかマシだが、寒さで身体が震える。

「動いたぞ。オメガが動いた」

「そりゃオメガだって生きてんだから動くだろ」

「じいさんたちのホラ話かと思ってたが、ホントにいるんだな」

どこかの小屋の床に転がされた俺は、三人の茶色い丸耳を生やした大男にぐるりと囲まれ、物珍しそうに見下ろされていた。布でさるぐつわをされ、うーうーと唸ることしかできない。

「声出した。オメガがうーうー言ってる」

「そりゃオメガだって声があるんだから呻くだろ」

「幻の生き物見て興奮してんのは分かるけどよ、いちいち実況すんな」

あたりを見まわすと、窓から青い空が見えた。薬を嗅がされたのか、頭が痛い。

サイラスにだまされた自分のバカさ加減を後悔しても遅い。

——メル、心配してるだろうな。隙を見て逃げたいけど。

荒んだ雰囲気の男たちが食い散らかした食べ物がそこかしこに散らばり、嫌な臭いがした。

両手は頭上で縛られ、テーブルの脚に括りつけられていた。丸太そのままの太い脚の上に載る天板も分厚く、持ち上げるのは無理そうだ。

「オメガの色気はすげぇって聞いてたけど、なんか普通だな。俺は嫌いじゃないけども」

「これぐらいの美人ならベータにもいるくね？　……俺もイケなくはないけどさ」

――どいつもこいつも似たようなこと言いやがって！　俺は充分かわいいし、メル限定ではあるけれどムンムンに色気があるっての!!　メルは俺に惚れてんだから、お前らにどう思われたって平気……でもやっぱ腹立つ！

言い返したくともウンウン呻くばかりだ。

「そんなことより、妊娠してるなら身代金がハネ上がるぞ。確認しとけ。それと、こういうのはカワイイ系っていうんだよ。獣人はエロい美人系が多いからな。珍しくて……イイな」

脂肪と筋肉で横にも大きな男たちは億劫そうに背中を丸め、ゆっくりとこちらへ手を伸ばす。服の裾がたくし上げられ、胸まで露わになった。薄い布で包まれた股間が彼らの目に晒される。

「孕んでいないみたいだ。しかし伝説通りヤらしい身体してんな。こいつを囲ってると金持ちになれるんだろ？」

「違うって、絶倫になれて何度でもヤれるんだって」

「オレは泳ぎがうまくなるって聞いた」

「それは絶対違う」

「じいさんたちに担がれたな」

次第に憶えのある悪臭が漂い、ぎょっとして顔を背ける。視線の先にはズットウの食べ残しが付いたままの皿が転がっている。

「ヤればすごいのはホントだろ？　イチモツが溶けるぐらいイイなら、いっぺん試してぇな」

こもった低い声がぐふぐふと笑う。ぷんと強く匂い、うっと息を詰める。

匂いを感じないよう、鼻を少しでもそらそうと身を捩る。男たちの喉が次々と鳴った。

「オメガとヤったら自慢できるかな。みんなうらやましがるよね？」

「うるせぇな黙ってろ。それより見ろよ。女みたいに膨れてないのに、赤い乳首がなんとも……毎晩シーウェルト王に吸われて腫れちまったか」

男たちがしゃがみ込み、興奮した顔を近づける。ムッと匂う彼らの体臭と苦手な納豆臭が迫ると、ぷつぷつと鳥肌が立った。男たちの顔がぐんと近寄り、くんくんと匂いを嗅がれ始める。

せめて口をゆすぐだけでもしてくれと切に願う。

「勝手にオメガに手を出していいのか？」

「こいつで遊んだって、取引がナシになることはないだろ？　どうせオメガはこいつのほかにいないんだ。オレらにどうかわいがられても、シーウェルトの王様はこいつにしか種が付けられねぇんだ」

馬鹿にした笑いを浮かべた男たちの手が、一斉に俺へ伸ばされる。ある手は尻を撫で、別の手は乳首を摘まむ。身体を捩って振りほどこうと逃げても、易々と押さえつけられ、笑い声とともに肌を撫でまわされる。

「すげぇ、オレたちオメガを触ってるぜ！」

「黙れよ。それより俺が一番だ。お前らどけ」

「なんでお前が最初なんだよ。じゃあ口は俺が」

言い争いながら、皆ズボンを下ろす。垣間見えた汚れた下着に吐き気を催す。

「うッ、う……」

えづくと、吐かれると思ったのか、ぎょっと三人の手が止まる。

そこでドアが開く音がした。視界の端でサイラスの姿を捉える。

「おい！　そのオメガに手を出すな！」

「なんだよ、オメガってのは誰にでも股開くんだろ？　ならオレらが遊んだってかまわねぇだろうが」

「番のいないオメガが、発情期に限って性器が過剰反応するだけだ。手を出したいなら、発情期まで待つんだな。もっとも、そんな金にならない無駄を俺が許すわけがないが」

心のうちでサイラスを応援していると、俺を囲んだ男たちが舌打ちし、視線を部屋の隅へ向ける。

「えらそうな顔しやがって」

「そりゃこっちのセリフだ。このヤマのヤバさを分かってないクズは、この先足手まといになる。そうなる前に人員整理をしてやろうか？」

サイラスは気色ばむ男たちに臆することなく、冷ややかに言い放つ。

「この件のリーダーは俺だ。俺の指示に従えないなら出ていけ。無事に出ていければの話だがな。どんなに全力で逃げても豹の俺はすぐに追いついて、お前らの喉を噛み切るぞ」

「ふん、その前に俺たちの爪がお前の毛皮を切り裂くさ。豹ごとき、俺たち三人でかかればひと捻りだぞ」

三人とサイラスが睨み合う。数でも体格でもサイラスの方が不利だ。実際、軽く肩を突き飛ばされるとあっさりと尻をついてしまった。

「俺がいなきゃ、シーウェルトとの交渉はできないぞ。オメガの扱いも分からないお前たちがこいつを死なせたら、金が入らないばかりか、どの国でも一生おたずね者だ」

「いまここで仲間割れするほど俺たちもバカじゃねぇ。だが、主導権は俺たちによこせ。オメガに手を出さないでいてやる代わりに、シーウェルトから身の代金をぶんどったら、九対一で俺たち熊のもんだ」

どうやら図体の大きい彼らは熊のようだ。豹と熊三頭なら熊の方が有利な気がする。

「このヤマを考えたのは俺だ」

「うるせぇ。クソ、シラけちまった。俺たちは村で一杯飲んでくるから、お前はさっさとソリを調達してこい」

男たちはサイラスの懐から巾着を奪う。乱暴に中身を鷲掴みにして残りを床へ捨てていった。革の巾着から、残った小銭と数粒の石がこぼれ出る。

サイラスは毒づくと、落ちた小銭と石を巾着に集め、懐に戻す。立ち上がり、たくし上げられた服を下ろしてくれた。納豆干し肉の香りに気づくと、転がっていた皿も片付けてくれる。皿を手にすると目じりの皺が深まり、懐かしそうに頬を緩める。

「お前、コレが嫌いなんだろう？　妹のシーラもこのズットウがどうしても食えなくてな。子どものころはよく代わりにこっそり食ってやったよ。お前はどこか妹に似ている。そのせいか、腕に自信がないくせにお前をかばってしまった」

遠い目をし、寂しげに息をつく。

小屋の中に暖炉はあるものの、俺が転がされている場所から離れている。寒さに震えると、床に落ちていた俺の上着をかけてくれた。

「奴らには身代金目的の誘拐だと話したが、シーウェルトと交渉するつもりはない。金が欲しいわけじゃないからな。この国を出たら、あいつらには毒を盛って、口封じに殺す。お前を触れさせるつもりはないから安心しろ。それに、下手に孕んでまたオメガが生まれたら困る」

サイラスの意図が意外なものと知り、目を見開く。

「なぜ誘拐されたのか、不思議に思っているんだろう？　思い上がった王族とその取り巻きの犬どもに復讐するのが俺の目的だ。オメガなんて狼に与えたら、お前は妹のように孕まされる。妹が生きていたら、きっと何度でも無理やりアルファの子を産まされていたに違いないんだ」

——俺を気の毒に思ってくれてたからさらったってこと？

「アルファもオメガも、もうこの世界にはいらない。俺たちは誰にも知られぬ深い山奥で暮らすんだ。俺が死ぬ時はお前も一緒だ。オメガだからと死ぬまで何度も孕ませられることもない。こんな不幸を繰り返さないためにも、アルファもオメガも生まれるべきじゃない」

——それじゃ、もうメルに会えないだろ！　嫌だ、そんなの嫌だよ！

ショックを受ける俺の顔を見ることなく、サイラスは暗い目をして小屋を出ていった。

閉じた扉から吹き込む隙間風に、縛られた腕が凍える。どうにかならないかとあたりを見まわすと、床に小さな石が落ちているのを見つけた。財布からこぼれ出た石に違いない。足でたぐって引き寄せると、透き通った宝石の外見をしている。魔石に違いなかった。小さすぎて見落としたようだ。

足を振ってブーツを脱ぎ、足の指で石を拾った。どうにか縛られた手に石を移す。手のひらを石と一緒にテーブルの脚に結わえられた縄に押し付けた。

ピノーが使っていた様子を思い浮かべ、燃えろ燃えろと必死で念じた。

煙に気づいた男たちが酒場から駆け付けたとき、小屋の中はすっかり火に包まれていた。

煤だらけになって小屋から這い出した俺は、雪原を走っていた。あたりを見れば、見覚えのない大小いくつもの山が間近に迫っている。

誰かに助けを求めたかったが、唯一見える集落は貧弱で、男たちが行った酒場もあるのか、小屋からの足跡がまっすぐ残っていた。逃げるなら山しかない。

一歩進むたびに、膝まで雪に沈んだ。よろけて手をつけば、びりびりと傷が痛む。縄を燃やし切るのに手間取り、両手にやけどを負っていた。

吸い込んだ煙で喉も頭も痛い。思うように走れない焦りで、額に汗が浮かんだ。雪についた足跡を見れば、すぐに追いつかれてしまうと分かっていたが、それでも少しでもメルヒオールの近くに戻りたかった。

案の定、怒声が迫る。体重の差か、男たちの足は深い雪にはまり、ときおり太ももまで埋まって進みが悪い。これなら逃げきれるかもしれないと希望を感じ、必死で足を前に運んだ。充分引き離せた気がして振り返る。

その場に仁王立ちした男たちは纏った服を脱ぎ、放り投げる。彼らの布が地面に落ちたとき、獣人たちは獣の姿に変化していた。人一倍広い肩幅は、ヒグマに似ている。

大きな黒い獣は、瞬く間に距離を縮めてくる。

かすかにあった希望が消える。恐怖で上擦りそうになる喉を叱咤し、あらん限りの声を上げた。

「メルーーッ！　メルーーッ！」

雪交じりの冷えた空気が喉を塞ぐ。げほげほと咳き込み、息を吸ってまた声を張り上げた。

金色の瞳と髪、逞しく浅黒い肌を思い浮かべる。俺だけの愛しい男まで届けと願い、叫ぶ。息を切らして走りながら、何度も繰り返した。

こだまする声に、追いかけてくる熊の唸り声が重なる。ふと、別方向から何かが聞こえた気がした。

――遠吠え？

灰色の雪雲が途切れた先に、目の覚めるような青い空が見えた。そこから降り注ぐ陽光が、ひときわ高い山頂を照らす。白い雪が光を反射し、目に痛いほどだ。その山の端で何かが動いた。砂粒ほどのささやかな何かに気を取られた瞬間、背中を押され、乱暴に雪へ叩きつけられる。

「余計なことしやがって」

襟首の布を噛まれ、軽々と持ち上げられる。左右に大きく振られ、そのまま放り投げられた。新雪の上を転がった分いくらかましだったが、衝撃に息が詰まる。

「やめろ！」

酒臭い熊がうずくまる俺へ前肢を振り上げたところで、ソリに乗ったサイラスが割って入る。村から調達したソリを、変身した熊の獣人の一人に引かせてきたようだ。

この豹の獣人は俺をだました張本人だ。しかし、いま自分を守ってくれるのは、悔しいが彼だけだと思い知る。

「そんなことをしてる暇があるならソリを引け。小屋を壊して消火するんだ。シーウェルト軍が煙に気づいたらまずい」

渋々、男たちが従う。彼らは小屋に戻ると、まだ燃えていない壁に体当たりし、あっという間に壊していく。

彼らが手荒い消火をしている隙に、サイラスが懐から魔石を取り出し、やけどを癒やしてくれた。

完治には程遠いが、痛みがだいぶ和らぐ。

「……メルのところに戻りたい。あんたの妹さんがどういう気持ちだったか俺には分からないけど、俺はメルのところに戻りたい！」

やけどの痛みと逃げきれなかった悔しさで涙がにじむ。ちらちらと降る雪が目元で溶けた。しゃくり上げて泣きたくなるのを、歯ぎしりして堪える。

「傷が痛むか？　次の町でちゃんと治療してやるからな」

サイラスは俺の涙をぬぐい、布で口を塞ぐ。

「お前はまったく手のかかるオメガだ。簡単にだまされるし、妹のシーラの方が百倍しっかりしていたぞ。王族はオメガならどんなに間抜けでもかまわないということか」

メルの悪口にムッとして睨むと、気が強いオメガだと苦笑された。

ケガをしたせいか、俺に触れる手つきは優しく、まるきり悪人とは思えない。それだけに、オメガがアルファを狂おしいほど求める気持ちを分かってもらえないのが悔しい。

手の傷に触らないよう、腕ごと俺をぐるぐると縄で縛る。俺の冷えきった身体に気づくと、手が止まった。ソリに積んでいた毛皮と毛布を引っ張り出し、身体に巻いてくれた。肌を刺すような冷気が和らぐ。

——ありがと。

感謝を込めた視線を向けると、ため息をつかれた。

「……ヒトは寒さに弱いからな。途中で死なれたら面倒なだけだ」

そう言って、最後に自分がかぶっていた帽子を俺にかぶせた。火をつけたのは俺なのに、サイラスは最後まで怒らなかった。

「山向こうで鳥が一斉に飛び立ったのが見えた。もしかしたら気づかれたかもしれねぇぞ。だとしたら急がなきゃ追いつかれる。グズグズすんな」

屋根を落としたヒグマが唸り、急かす。話す声は、さっき俺をつついてスケベそうな顔をしていた奴のものだ。

サイラスが麻の荷袋を俺にかぶせる。荷物にカモフラージュさせられた俺は、ソリへ乗せられた。隠すための荷物がいくつも積み上げられ、重さで身動きができない。零下に違いない気温は、吐く息を白く変えた。

「うーっ、うーっ……」

メルの名を呼んだつもりが、低い呻き声にしかならず、また涙が浮かんだ。

荒い網目から外が見えた。いっとき晴れ間を見せた空は、再び雪雲に覆われている。陽が沈んだのか、見えていたはずの山は陰り、あたりは薄闇に包まれた。

急速に風が強まり始める。出発の準備が整うころにはすっかり吹雪いていた。サイラスがつけた足跡がみるみる消えていくのを見て、心細くなる。これでは、本当に逃げきってしまうかもしれない。

三頭のヒグマが器用に自分の身体に革のベルトをかける。そのベルトをソリへつなぐと、三頭は足並みをそろえ走りだした。その数瞬後、勢いよくソリが滑り始める。

連れ去られてしまうことより、メルヒオールと二度と会えないかもしれない方が怖かった。それとは別に、胸の奥でイヤな予感が広がる。ぞわぞわとした感覚が俺の冷えた背中に汗を浮かばせた。

――メル！　メル！

絶対助けに来てくれると信じていたのが、夜半を過ぎても走り続けるうちにかすかな希望に変わり、いつしかそれも消えた。代わりに、自分を大事にしてくれた彼が悲しむ姿が目に浮かんだ。

鼻の奥がジンとして、胸の奥が引き絞られるみたいに痛い。使わずに終わる子宮を腹の中で意識した。

――メル、ごめんな。

ふと、自分が後悔しているのに気づく。

――俺、メルに家族を作ってやりたかったのか……。気づくの遅かったよな。バカだ俺。

後悔して初めて気づいた想いに、また後悔を重ねる。

安全な世界で守られて育った俺が、一歩踏み出す勇気を持てなかったばかりに、メルを悲しませてしまうのがつらかった。

ソリの上で揺らされながら、ときどき狼の遠吠えが聞こえた気がした。空耳だと思いながらもその都度期待し、一向に助けが現れないことに落胆した。

短い休憩を取るたび、サイラスが麻袋の中へ手を突っ込み、毛布の下の俺の脚に手を伸ばす。体温が下がっていないか確認しているようだ。

獣人のサイラスは毛皮の上着を着込んでいるが、ヒトである俺から見れば充分薄着だ。俺は毛皮と毛布でくるまれているものの、足先は痛いほど冷えているし、縛られた手も感覚が薄れている。それなのに、額には汗がにじんでいた。

うなじからむわりと、腐った果実がアルコールに変わるような香りが立ち上る。この香りが生殖能力を持つ者たちの性欲を強烈にかき立てるのだ。

タイミングの悪い自分が情けなく、自分の死がリアルに迫る。サイラスがヒグマたちに言った言葉が思い出された。

『手を出したいなら、発情期まで待つんだな』

俺は半年ぶりに迎える発情期の予感に恐怖し、青ざめた。

最初に気づいたのはサイラスだった。舌打ちすると、緩んだ積み荷を直すふりをして俺に囁きかける。

「妹が使っていた薬草は知っているが、いまは手持ちがない。調達もできない。あいつらにはできるだけごまかしてみるが……最悪の場合を覚悟しておけ」

血の気が引いた。思ったより早く終わりが来るだけだと自分に言い聞かせたが、恐怖で身体が震える。

山の端がうっすらと白み始めたころ、風向きが変わり、ヒグマたちが風下になった。案の定、これはなんの匂いだと騒がれた。

「香水だ。商人を装うために載せた、カモフラージュ用の積み荷が割れたんだろう」

気の荒い熊の獣人たちは、サイラスの嘘に納得しなかった。初めて嗅ぐ匂いに興奮し、足並みが乱れる。朝を迎え、雲の輪郭が見えはじめると、真っ暗にしか見えなかった俺の視界もようやく利くようになる。

薄闇のなか、ソリが停まった場所は山の尾根だった。南側は崖に近いきつい勾配のため、尾根伝いに下りていくつもりのようだ。荒ぶったヒグマたちは、なだめようとするサイラスに耳を貸さず、騒ぎ立てる。

「そのオメガが臭い。嗅がせろ」

ベルトを身体にかけたままの三匹が、よだれを滴らせながら俺の入った麻袋を嗅ぎまわる。その後ろでサイラスがソリからベルトを外し、留め金をベルト同士ではめ直す。三匹のベルトが一つにまとめられたが、彼らは気づかない。

「まがいものの媚薬を香水瓶に入れてきたんだ。こっちの方が疑われずに商人をよそおえる。ほら」

俺の上に載っていた箱を下ろし、ソリから離れた場所へ放る。彼らが確認しようと鼻先をそらしたタイミングでソリを押し、勢いがついたところで乗り込んだ。俺たちは南側の急斜面を落ちるように下った。

ヒグマたちはすぐに追いかけようとしたが、互いに結び付けられたベルトに絡まり、怒りの咆哮《ほうこう》を上げる。その間もソリはぐんぐん滑る。何度か岩にぶつかって跳ね上がりつつも、五百メートルも下りたところでやっといくらか傾斜がなだらかになる。サイラスはソリの後ろに立って地面を蹴り、勢いを殺さぬよう木々の間を滑り進ませた。

「ここまでだ」

引かねば進めないところまで来ると、ソリは停まった。降ろされたのは、大きくうねる川岸だ。口を塞いでいた布と両腕の拘束を手早く解かれた。目の前には幅は狭いが流れのきつい川がある。

「川沿いならば匂いが薄れるだろう。川下へ向かって走れ」

腕に自信がないと語った男は、自分の着ていた上着を脱いで俺に羽織らせる。最後に短刀を握らされた。手のひらにはやけどの傷が残っていたが、極度の緊張のせいか痛みは感じない。

「どうしようもなくなったら使え」

手にした、ずしりと重い刃物にぎょっとする。さやから抜くと、よく研がれた刃が現れた。戦うために渡したものではないと察していたが、それでも、通じない言葉で問い返してしまう。

「使うってどういう意味――」

顔を上げると、男の姿は消えていた。足元には彼が着ていた衣服がそのまま落ちている。薄暗い木々の間に目を凝らす。斜面の上にほっそりと伸びやかな四肢を持った豹が見えた。

ヒグマの唸り声が森中にとどろく。獣姿になったサイラスが飛び出し、すぐに見えなくなった。

しばらくして獣の吠える声やギャアという叫びも聞こえたが、サイラスのものかは分からなかった。

言われた通り、川下へ向かって走った。足跡が残らないよう、濡れた石や浅瀬の川の中を進む。足の冷たさより、追われる恐怖が勝った。何度も峡谷《きょうこく》を見上げ、川辺へ張り出した木々の葉陰に隠れて進む。濡れた足は次第に寒さで刺すように痛んだ。

川は蛇行《だこう》し、深くえぐられた岸は垂直な岩肌を晒している。水深が急激に深くなる場所まで来ると、それ以上進めなくなった。対岸ならば歩けそうだが、深く激しい流れを考えればとても渡れない。

「はぁ、……もう、ヤバい」

発情で頭がクラクラしてくる。立っていられず、その場に尻もちをついた。冷水が衣服に染み込み、ぶるりと身体が震える。身体は冷たいのに尻だけが不思議と熱く、自分の体温がどうなっているのか混乱して分からない。

耳がかすかな音を拾った。川上からぱしゃぱしゃと水を蹴る足音が近づいてくる。

――サイラスさん？　それとも……。

手の中の短剣と、目の前の冷たい川を見つめる。しかし、俺の中に死ぬという選択肢はなかった。命さえ助かるなら逆らわず、生き延びてメルにひと目でいいから会いたい。しかし、先ほど響き渡った咆哮を思い出すと、逆らわなくとも詰むんじゃないかとため息が出た。

――メル、メル、メル……。

胸の内で名を呼び、最後まで諦めるものかと気持ちを奮い起こす。恐怖で、熱い涙がかじかんだ頬を流れた。

足音がさらに近づく。俺は葉陰で縮こまり、息を詰める。ハァハァと獣の荒い息が聞こえた。

のっそりと巨大な身体が現れる。獣はくんくんと鼻を動かし、俺が隠れた茂みへ顔を向けた。こちらへ向かって大きく一歩進み出る。よだれが牙の先から糸を引いて落ちた。

「隠れても匂いですぐ分かるぞ。手間かけさせやがって。サイラスは俺たちがしとめた。発情したんだろ？　喜べ、死ぬまでかわいがってやる。さあ、股を開くんだ」

勝ち誇ったヒグマが、耳をつんざく咆哮を上げる。太い腕が振り上げられ、鋭い爪で頭上の枝を薙《な》ぎ払う。血走った獰猛《どうもう》な目が俺を捉える。

そのとき何かが視界をかすめた。次の瞬間、水しぶきを上げてヒグマが川へ倒れる。ヒグマより小柄だが俊敏な生き物が飛び跳ね、噛みつく。ヒグマが動かなくなると、その生き物がこちらを向いた。

川面に朝陽が射す。金色の水面のそばに、同じ色の美しい獣がいた。すらりとした四肢と輝く毛並みに目を奪われる。

ゆったりと弧を描く背と、長く伸びた鼻先のラインには気品がある。舌を出した口元は濃い赤でべっとりと濡れていた。その血でさえ、その気高い生き物を鮮やかに飾り立てた。

「……メル？」

金色の狼は何かに気づいたらしく、突然走りだす。頭上を睨みながら低く唸り、駆け寄ると俺の上着の襟首を噛んで子猫のように持ち上げる。川辺へ戻ると、かまわずじゃぶじゃぶと冷たい急流の中

へ入った。器用に後ろ肢だけで立ち上がり、胸まで水に浸かりながら渾身の力で対岸へ投げ飛ばす。放り投げられた先は浅瀬だ。尻を打ったが、流されるほどではなかった。振り返ると、狼は二頭のヒグマと睨み合っている。

「メル！」

俺だけ生きても、メルがいなきゃダメなんだ。そんな気持ちを込めて叫ぶ。

「逃げろ！」

耳に馴染んだ男の声に涙が浮かんだ。片方のヒグマも川を渡ろうとするのを、メルヒオールが素早く嚙みついて阻止する。

足手まといにならないよう、夢中で川原を走った。背後で獣の咆哮がいくつも上がるなか、振り返ることなく、足を進める。

息が切れ、喉が痛いほどヒューヒューと鳴るころ、背後を突進してくる気配がした。尋常ではない殺気に振り返る。一頭のヒグマとそれを追いかける狼の姿が見えた。

俺は何も考えず、激しい水の流れへ飛び込んだ。

短い夢を何度も見た。

ある夢では凍える身体を、誰かに温められていた。

別の夢では、ふわふわの獣の腹毛に埋もれていた。背中にはしっぽがぴったりと寄り添い、極上の寝心地だ。

またある夢では、隔離された部屋でうなされていた。部屋いっぱいに発情の香りが漂うなかを、金色の狼がうろうろと歩きまわりながら、誰も近寄らぬよう見張ってくれた。耐えきれなくなった俺が自分の手で擦りすぎてしまい、皮膚が赤くなると、代わりに舌で舐めて鎮めてくれた。

馬車に揺られる夢も見た。ずっと誰かに抱きかかえられ、みっしりと厚い太ももがスプリングのように揺れを抑えてくれた。

——これも夢なのかな。

宮殿の自室で目が覚める。暖炉で薪がぱちぱち爆ぜ、窓からは真っ白な雪をかぶった街並みが見える。テーブルには乾燥した薬草とポットが置かれ、自分の唇を舐めるとかすかに苦みを感じた。

発情期は過ぎたらしく、身体はすっきりと軽い。同じベッドには金色の大きな狼が隣で眠っていた。後肢も前肢も、一本ずつ俺の身体の上に乗せられている。

夢を見ているのか、目を閉じたまま鼻に皺を寄せ、グルルと唸り声が上がる。耳を近づけると、すぴすぴと寝息が聞こえた。口元の毛がうっすら緑に染まっている。そっと舐めると、自分の唇に感じたものと同じ味がした。口移しで薬湯を飲ませてくれたらしい。

寄っていた鼻の皺がゆっくりとほどけていく。穏やかな寝顔となった獣は、まだ眠りの中にいる。起こさぬよう、そっと乱れた毛並みを撫でそろえる。そこで、やけどした手が痛まないことに気づいた。見れば、うっすらと赤らんだ痕が残っているものの、ほとんど治っていた。

治癒させてくれたに違いない相手は、ふかふかの毛並みで横たわっている。鈍く光る長い金毛の下に指を潜り込ませると、白く柔らかな短毛が密に生えていた。背中へ手を伸ばす。表面を覆う毛は硬く針のようだが、そんな毛並みも悪くない。

太く見えたしっぽは、たっぷりとした毛に覆われている。好奇心に負けてぎゅっと摑むと、ぷるぷる振られ、手のひらから逃げていった。追いかけ、長い毛の奥に指を潜り込ませる。骨っぽい、細い尾を指先に感じた。

鬱陶しそうに大きくしっぽを振った獣は、ごろりと寝返りを打ち、俺へ腹を見せた。しばらくすると、また規則的な寝息が立つ。

――もふもふし放題……たまんない。

耐えきれず、羽毛のような腹毛に顔をうずめ、すうすう匂いを嗅ぎまくった。ヒトの姿の時と変わらぬ体臭にうっとりする。

腹へ顔を擦り付けて堪能していると、しっぽが振り上げられ、俺の身体へぱたりと落ちた。存在を確かめているのか、何度か持ち上げては落ちる。俺が起きているのを知ると、まぶたが上がる。

一瞬目を円くしたかと思うと、すぐに前肢で俺を押し倒し、あちこち舐めてくる。

「メル！　メル！」

ぎゅうっと首に抱きつくと、温かい毛皮の下で喉が猫みたいにぐるぐる鳴った。嬉しくてくすくす笑いながら、抱き合う。金の狼は頭を真上に向けると、びっくりするほど大きな声で遠吠えをした。

バタバタとした足音が近づき、ノックとともに扉が開く。その向こうで、安堵の表情をしたピノーとジオの顔が見えた。二人の顔を見た途端、ぐうと腹が鳴る。それを聞いたピノーはすぐさま厨房へ駆け出していく。

きまり悪さにメルヒオールを見れば、いつの間にかヒトの姿に戻っていた。全裸で、俺が使っていた寝具を腰にかけているだけだ。目のやり場に困り、赤面してしまった。獣姿での感覚が残っているのか、腰を引き寄せられ、頬をペロリと舐められる。

ジオが王様の服を準備すると、メルヒオールは離れたくないからと差し出された服を断り、俺にぴたりと寄り添ったまま離れない。俺は王様に目元や頬を舐められながら、久しぶりの食事をとることができた。

たっぷりミルクの入ったお茶を飲みながら、ピノーが事の次第を話してくれた。


俺が攫われたのを知ったメルヒオールが、どれほど迅速に動いたか。姿を隠す、目くらましの魔術を使われたことで、城から逃がしてしまったこと。魔術師たちが魔術の痕跡を辿ったものの、相手の魔石の質が高く、追いきれなかったこと。その間に、シーウェルト軍随一の強さと名高いクラース将軍が素早く軍を動かし、全土に捜索隊を送ったことも教えてくれた。

将軍の話をするときのピノーは誇らしげだ。

「晩餐会に招待されていたサイラス殿の姿が同時に消えたことから、その筋を探り、犯人の一人が彼だと摑んだのですが……。もともとサイラス殿は陛下の伯父上という身でありながら、王家に反抗的な態度を取っていたお方でしたが、なさっていた商売は良心的だと有名でした。貧しい者に安くお売りくださることで評判でらっしゃったのに」

残念そうに声を落とす。

「悪事に手を染めたのか、それとも巻き込まれたのか。逃げた方向も分からず、途方に暮れていたところへ、四方へ探索に出ていた者たちから、南に下った村でボヤが起きたと報せが入りました。それを聞いた陛下が、悪い予感がするとおっしゃり、自ら駆け付けられたのです。そこでキリヤ様の香りを見つけ、あとを辿ってお救いすることができました」

「陛下とともに、俺たちも駆け付けたのですが遅れてしまいました。お命を危険に晒してしまい、申し訳ありません」

しゅんとしたジオは首を垂れる。それに張り合うように、ピノーが自分を責めた。

「金狼姿の陛下の肢には誰もかないません。むしろあの夜、おそばを離れた私が一番の――」

「もういい。お前たちは下がれ。ピノー、将軍に礼を言っていたと伝えてくれ」

ピノーがかしこまって頭を下げる。食器の載ったトレイやポットを手に彼らが下がると、再び顔を舐められた。

「サイラスたち一派は、全員捕らえたぞ。私からキリヤを奪い、この国を危機に陥れた者どもは重罪だ。相応の処罰を下す。そなたはもう何も心配しなくていい」

「サイラスさんは悪いことをしたけど、全部が全部悪い人じゃないよ！　俺のこと心配してくれてたし、熊から襲われたときも助けてくれたんだ。もうっ、大事なことなのに言葉が通じないなんて！どうしよう、メルに伝えたいのに」

慌てた俺はくもった窓に絵を書いたり、身振り手振りしたりして、サイラスさんが自分をかばってくれたことを伝えようとしたが、壊滅的に絵が下手だったため、てんで要領を得ない。

「妹のシーラさんが不幸な目にあったから、俺も不幸になるって思い込んで、救い出すつもりで俺をさらったんだ！」

「どうしたキリヤ、まだほかに仲間が残っているのか？　サイラスを拷問し、すべてを吐かせるから安心しろ」

「違うよ！　サイラスさんを拷問しないで！　あの人はシーラさんの子どものメルにも家族として会わせてもらえなくて、妹さんも自分も王家に切り捨てられたって傷ついてた。やり方は間違ってたけど、俺がひどい目にあわないように考えてた。王族を憎んだり、俺をさらったりした理由をちゃんとメルに知ってほしいんだ！　だって、サイラスさんは悪いことをしても、それでもメルのおじさんに変わりないんだから」

　サイラスの名を連呼する俺を見て、心変わりしたと誤解したメルヒオールがさらに混乱を加速させた。

　奴と相思相愛なのかと言って悲しむ姿に、なぜ分かってくれないのかと頭に血が上る。

「もうっメルのばか！」

　とにかくサイラスに会わねばと、部屋を飛び出る。扉の外で控えていたピノーが、薄着で現れた俺に驚き、慌てて上着を差し出す。それを掴むと、毛糸の靴下のまま飛び出した。渡り廊下を通って、王城へ駆け込む。

　——牢屋ってどこ？　地下みたいなとこ？

　きょろきょろしながら、手当たり次第に走りまわる。行き合う人は皆驚くが、幸い誰にも阻まれることはなかった。しかし、地下らしきところへ下ってもただの倉庫だったりして、まったく見つからない。

　一方通行の言葉は、相手の言うことは聞けても、自分の言いたいことには誰も耳を貸してくれないから不利だ。いまさらながら理不尽さに腹が立ってくる。

そこへ見知った一団を見つけた。無職に見えていたが、それなりに働いていたようだ。しかも同じメンツがそろっているなんて、なんて幸運だろう。

「適任者見つけた！」

中庭に面した外廊下を歩く彼らへ駆け寄る。相手は俺の顔を見るとぎょっとし、そろって逃げ出した。犬に姿を変えられたら追いきれなかったが、派手な衣服を王城で脱ぎ捨てる勇気はなかったらしい。

五人は自分だけでも逃げきろうと、互いに押し合いへし合い、足を引っ張り合いながら逃げる。おかげで俺でも捕まえることができた。一人を後ろからタックルして押し倒すと、なぜか残りの四人がうらやましそうな顔で戻ってきたため、全員の確保に成功する。

「俺たちはもうアンタに関わらないって血判押させられたんだ。こんなとこ王様に見つかったら殺されるって！　……どうしてもっていうんなら仕方なくも……いや、やっぱりだめだ。殺される」

「頼むから話しかけないでくれ……せめて人目のつかないところで二人きりなら……だめだ。うん、命の方が大事だ」

「見るな、触るな。ばれたら俺たち極北に島流しにされる！　カワイイ顔しても無駄だからな！」

青い顔で後ずさるのは、俺にテモテモクシャンタという卑猥な言葉を口にさせた五人だ。相当きついお灸をすえられたようで、誰かの目がないか周囲をしきりに気にしている。

「お前ら、俺に言葉教えるの上手だったろ。だから牢屋って言葉を教えろ！」

廊下の床はなめらかで、モルタルやコンクリートと同じに見える。その上に固めた雪で檻の絵を書き、指さした。それを五人がこわごわ覗き込む。

「これ、お前の世界の字？」

「首を横に振ってるぞ、まさか絵か？」

「ウソだろ、うなずいてる！」

「これが絵なら俺の三つの妹の方がうまいぞ」

「これ、子どものすきっ歯じゃないか？　それとも蛇の腹？」

言い当てようとするが、かすりもしない。

肩を落として首を振り、檻の中に人を書き足す。意外にお人好しな彼らは、俺の絵クイズに興味をそそられたらしく、額を寄せてああでもないこうでもないとむきになって言い合う。

「分かった。干し肉だな？　腹が減ったのか？」

この調子では無理だと諦め、もっと簡単な問題に変えることにする。

「違う！　パス！　豹なら分かるだろ。ええと、こんな感じだな。ブチ猫っぽくなったけど、これならどうだ！」

「……草？」

「どこが草だ！　どう見ても豹だろ！」

相手の襟ぐりを摑んで怒ると、相手は触るなと押し返す。まるで汚いものみたいに扱われ、カチンときた俺は嫌がらせに全員をべたべたと触りまくった。

五人はぎゃあぎゃあ声を上げて嫌がった。そのうち、短気な彼らは触っていいなら触らせろとよく分からないことを言いだし、今度は俺を羽交い絞めにする。

不意に彼らがヒッと息を止め、色をなくす。真っ青な顔で震えだすのを見て、何事かと振り返れば、服を着たメルヒオールが殺気立ったまなざしで睨みつけている。

「ずいぶん盛り上がっているな。我が妃といつ、取っ組み合ってじゃれ合うほど仲良くなったのだ？」

「いや、ここここ、これは、いま初めて――」

「驚いたな。私の目を盗んで、友人になったのか？　最後の狼族であるこの私の嫁と？　私と違って話が合うようじゃないか。実に、まったく、かなりワイワイと楽しそうだったぞ」

　歯をむいて唸りだす王を見た途端、五人は素晴らしい速さで逃げ去り、俺はメルヒオールによって宮殿へ連れ戻された。

「サイラスさんは、オメガの妹さんを殺されたって話してたんだ。そのシーラさんの子どもにも親族として会わせてもらえなくて、傷ついてた。王族を憎んだのは理由があるんだよ。メルの決めたことに文句を言うつもりはないけど、処罰する前に、サイラスさんと親族としてちゃんと話すべきだと思う！」

　意味は通じなくとも、伝えたいことがたくさんあるのだと分かってほしくて、延々とメルヒオールへ訴え続ける。粘り強く続けると、ようやく理解してくれた。

「キリヤ、そなたは私に伝えたいことがあるのか？」

　うんうんと首を縦に振る。しかし、いざ内容を伝えようとすると、全然通じない。絵を描いて説明しようとしたが、何を描いても干し肉か草に見えるらしく、やはりちっとも話が進まず困ってしまった。陽が沈み、もう諦めるしかないのかと心が折れそうになったとき、ジオが伝言を持って現れた。

「五名の領主様がそろって、陛下へのお目通りを願い出ております」

「もう遅い。明日にしろ」

「それが、皆様大粒の魔石を山ほど持参し、王家に納めたいと申しております。キリヤ様を召喚する際に使用した、国宝級の石と同等の逸品もございます」

「国の将来のために、めぼしい石はすべて王家が買い取ったのではないか？　惜しんで隠し持たぬよう重々伝えたつもりだが」

鋭い目つきのメルヒオールは怒りを隠さない。その迫力にジオは恐縮し耳を伏せたが、役目だけは果たそうと一気に伝える。

「宝物庫の奥にあって、今日発見したのだとか。別の領主様は、ご先祖様が夢枕に立ち、宝箱を隠した場所を教えてくれたので掘ったら出てきたと申しております。また、小石を泉に落としたら泉の女神が現れて、お前が落としたのは金の石か銀の石かと問われ、ただの石だと正直に答えたら、魔石をもらったとか」

童話のような理由にメルヒオールから怒気が抜ける。

「あとの二人は？」

「子どもにいじめられていた亀を助けたら、なりゆきでもらったというのと、空から降ってきたというぞんざいな理由です。彼らはクズ石に近い小さな魔石も持ってきておりますので、所有する石を根こそぎ献上しようとしているのは間違いありません。まさに必死かと」

「隠し持っていた責を問わないでくれと言いたいのだな」

「いま広間で控えておりますご領主様方は、本日、陛下がキリヤ様がほかの男と会っていた現場を押さえた際にいた、あの男たちの父親でございます」

「俺が浮気したみたいな言い方、不本意なんだけど！」

言葉は通じなくとも抗議の気持ちは伝わったらしい。俺がむむむと不機嫌に顔をしかめると、ジオが小さくため息をつき、報告を続ける。

「おそらく、おのおのご子息の非礼を陛下に詫びたいのが、ご訪問の目的かと。また、内々に伝え聞いたところでは、彼らとキリヤ様との姦通《かんつう》の疑いについて、無罪を証明するために持参したとか。魔石でキリヤ様にこちらの言葉を話せるようになっていただきたいというのが、ご領主様方の願いのようです。ご子息方は陛下のお怒りを恐れ、震えて親御様へ泣きついたようです。いまは屋敷でそれぞれ謹慎なさっているとか」

「あやつらは、私のキリヤにべたべた触っていたのだぞ」

「広間で納められたものを拝見しましたが、見事な魔石が山と積まれておりました」

「山ほどの魔石か……言葉の魔法水をもう一度作れる量だろうか」

「前回と同じ量かと」

——もしかして、今度は逆方向の言葉の魔法水を作ってくれるの？

期待を込めて見つめると、残念そうに首を振られた。

「いくら魔法水でも、耳に入った言葉を理解するのと、自分の言葉をその場にいる複数の者たちに一斉に伝えるのでは、使う魔力量が違うからな。キリヤがこちらの言葉を話すのは難しい」

「なんだよ。俺、もう一生誰とも話せないのかよ……」

がっかりした俺の肩へ、メルヒオールの大きな手が元気づけるように置かれる。

「だが、私がそなた一人の言葉を理解するだけなら、いまある魔石量で足りるだろう」

「やった！　メル、ありがとう！」

飛びつくと、メルヒオールはやっと笑ってくれたなと抱き返してくれた。

ピノーの話ではあの後、すぐに魔術師たちが招集されたらしい。その夜は眠れず、翌日こそ言葉の魔法水を飲んだメルヒオールが現れるのではと期待したが、結局現れなかった。前日から寝不足の俺は、いつの間にか寝てしまった。

朝、キスで起きた。

唇の先を吸う、かわいらしいキスに頬が緩む。

「ちゅちゅぺっというのはなんだ？　飲み物か？　ちゅちゅぺっとを飲むといって、唇を突き出していたぞ。あんまりかわいいので、そなたの唇を味見してしまった」

すぐ目の前で凛々しい顔が機嫌よく笑う。

「甘いジュースがね、細長い入れ物に……あ！　通じてる!!」

がばりと跳ね起きる。ベッドに腰掛けた王様が手を伸ばし、くしゃくしゃの寝ぐせを直してくれた。手櫛ですかれるのが、毛づくろいみたいで心地いい。目を細め、されるがままに甘やかされながら、目の前の太い首に手を伸ばす。

「もっと深いキスしようよ」

とろんとしかけて、はたと思い出す。唇を近づけてくる、メルヒオールの胸を押し返す。

「こんなことしてる場合じゃないよ！　俺、山ほどメルに伝えなきゃいけないことがあるんだった！」

「これこそ、最優先すべき事柄だと思うが」

俺を抱きしめていた手は諦めず、服を脱がそうとしてくる。

「メルのお母さんって、サイラスさんの妹のシーラさんだよね？　サイラスさんが言うには、シーラさんはメルのお父さんに無理やり孕まされたせいで殺されたんだって。俺もアルファに子どもを産むための道具にされて、ひどいことされるんじゃないかって心配してた」

「シーラは確かに私の母で、サイラスは母の兄、伯父にあたる。両親の仲については詳しいことは知らないが、私はそなたを粗末にするつもりはないぞ」

「とにかくちゃんと調べてほしいんだ。サイラスさんは大事な妹さんを一方的に連れ去られて、二度と会えないまま死んじゃったって。妹さんがつらい目にあったのが本当ならかわいそうだし、違うなら誤解をといてほしい。それに、発情してヒグマに襲われそうになったのを助けてくれたのはサイラスさんなんだよ。悪いこともしたけど、全部が全部悪い人じゃないんだ」

「彼奴《あやつ》がキリヤを攫ったことは真実だ。その罰は受けてもらわねばならない」

「それはそうかもしれないけど、なんでそうしたのか、理由をメルにちゃんと知ってもらいたいんだよ。あの人はシーラさんが産んだ赤ちゃんに、一度も会わせてもらえなかったどころか、親族だと思うなって突き放されて悲しそうだった。貴族の位を断ったのは、妹さんの忘れ形見の赤ちゃん――メルを王族に奪われたことに腹が立ったからだよ」

言いたいことを一気に伝えると、ようやくいたずらな手が止まる。

「先に片付けねばならないようだな」

動くと決めたメルヒオールの決断は早かった。

フクロウのオルロフを王城へ呼び出し、当時のいきさつをすぐに聞き出す。

王城の一室に呼び出されたオルロフは、サイラスの動機を聞くと気まずそうに視線を落とした。

「母のことを知りたい。一度だけ父に聞いたが、話すことはないとおっしゃるだけで、何も語ってく

だとしたら、私をお産みにならなかった。母上は、父の子を生すために無理やり妻にされたのか？　だとしたら、私をお産みになるのはさぞおつらかったであろうな」

王様の悲しげな声に、羽を乗せた頭を振って否定すると、当時のことを語ってくれた。

「オメガを見つけた兵士たちが、手柄欲しさに強引に連れてきたお方がシーラ様でした。攫われたも同然だとサイラス殿がおっしゃったのは、間違いではないでしょう。ですが、お二人は年の差こそあれ、ひと目で相手に夢中になるほど仲睦まじいご夫婦でした。決して、お子を孕ませるために無理強いしたのではありません。シーラ様の身体が丈夫ではないと知った先王様は、初夜こそ情熱のまま契られましたが、その後は我ら家臣がいくらお世継ぎをと進言しても、閨を控えるほど愛しておいででした。幸か不幸か、初夜でメルヒオール様を授かったため、先王様にはどうにもならなかったのです」

「よかった。ちゃんと二人は愛し合ってたんだ。それに、メルと同じでお父さんは優しい人だったんだね」

メルヒオールに話しかけると、俺を見下ろし、安心したように詰めていた息を吐いた。

「シーラ様は不幸にも、陛下を産んですぐに亡くなられてしまいました。愛するお妃様を亡くされ、先王様は深く悲しまれました。もはや先王様と番えるような年ごろのオメガがいない以上、王位を継ぐのは間違いなくメルヒオール様です。しかも、オメガがまったく生まれてこない現状を考えれば、シーウェルトの最後の王になるかもしれません。国家存続の危機に、母君様の一族がいたずらに力を持ってしまわぬよう、ことさらきつく王族の親族だと思わぬよう伝えさせました」

「そのいきさつをなぜ私は知らされていなかったのだ。母の人となりももっと知りたかった。サイラスの存在は知っていたが、実際に会ったのは王位についてからだ。王族嫌いの変わり者だから、あまり近づくなと言われていたが……」

「申し訳ございません。それも先王様のご指示でした。親族への情をかき立てることは、アルファである陛下がベータの親族を頼る原因になるとお考えでした。サイラス殿のこともメルヒオール様の害になるから目通り自体許すなと。私はいまも先の陛下が間違っていたとは思いません。どれもが必要だったことだと思っております」

「せめてサイラスさんにシーラさんがちゃんと大事にされてたって伝えられていたら、恨んだりしなかったのに」

思わずつぶやく。メルヒオールは感情を抑え、淡々と俺の言葉をオルロフへ伝えた。

「母方の親族と親交を持たないことは、王族のしきたりでございます。これまでのお妃様方も、輿入れ後は手紙も面会もすることはできませんでした。お亡くなりになった件も含め、ほかの民と同じことしか知らせないしきたりになっております」

「それは知っているが、狼獣人への敬意が親族としての情を上まわるからだと聞いていた。オメガを差し出した一族も、我らには畏れ多くて干渉したがらないのだと」

「それは間違いではございません」

「だが、サイラスは違った。だから私に会わせなかったのだろう？　私が信じていたのは王族にとって都合よく曲げられていた事実だったのだな。サイラスが王家に恨みを抱くのも仕方ない」

痛いところを突かれたのか、オルロフが苦い表情を浮かべる。

「百を超える狼獣人がいらっしゃった時代は、それが当たり前に受け入れられておりました。圧倒的な力を誇るアルファの集団は、ときに恐怖で獣人たちをひれ伏させ、王家に親族面をしたがる者はいませんでした。しかし、狼獣人の減少にともない、その強烈な支配力は薄れました。国をまとめるには、王族は人々にとって特別で畏れ多い存在でなければなりません。ましてや、ただお一人となるのが分かっていてはなおさら、狼以外の親族を王家に近寄らせるわけにはいかないのです」

「私はただ一人の狼であり王族だが、だからといって仕える者しかいない孤独な身ではなかったのだな。お前たちが私にそう見せていただけか」

「しかしながら、サイラス殿は当初から王族に反抗的な態度をとっておりました。あのような不届き者が陛下のおそばで大きな顔をしては――」

「彼は貴族位を拒否している。偉ぶりたかったのならそうはしない。あの者はただ、一方的に連れ去られた妹が不幸に死を迎えたと悲しみ、残された甥《おい》との関わりすら拒絶されたことを恨んでいただけだ。キリヤを攫ったのも、同じ苦しみを繰り返させたくなかったという動機なら、同情の余地がある。父やお前たちが守ってきたこのしきたりは、改めるべきだろう」

「ですが、王族というものは――」

食い下がるオルロフへ、メルヒオールがきっぱりと言い放つ。

「これからも狼の獣人は絶滅に晒され続けるだろう。異世界からキリヤを召喚したように、我々は変わることを恐れてはならない。いつ王族が絶えるか分からないのだ。無理に祀り上げるのではなく、親身に支えてくれる者を増やしたいと思う私は間違っているだろうか」

「先王様なら、そのようなご判断はなさりませんでしょう」

「そうであろうな。だが、父の考えを盲目的に受け入れた結果がこの事態を招いたのだ。私は己の過ちを繰り返すほど愚かなつもりはない」

「王族は王族らしくあるべきだと、先王陛下はお考えでした」

「……お前は、あくまで父の宰相だったということだな」

落胆を隠さぬメルヒオールに、オルロフがはっと何かに気づいた表情を見せる。

「この頭の固さがシーラ様とそのご一族を苦しめ、サイラス殿にキリヤ様を攫わせたのですね。申し訳ございません」

床に頭を擦って謝罪したオルロフは、以前より老いて見えた。

――ばあちゃんは仕えた王様の命令に忠実だったけど、それで傷つく人を切り捨てたのは、サイラスさんの話の通りだったんだ。メルはばあちゃんを慕ってただけにショックだろうな。

二人の間に口を挟むのはためらわれ、かといってこのまま二人が疎遠になってしまうのも避けたいと考えた俺は、メルヒオールの手を煩わせるのを承知で、オルロフへ話しかけた。

「子どもたちは元気ですか?」

急に話しかけられたオルロフがきょとんと目をみはる。俺の言葉を伝えられるのはメルヒオールだけだ。じっとメルを見れば、渋々通訳をしてくれた。

「……キリヤが、子どもたちは元気かと」

「皆、元気にしております」

「落ち着いたら、また遊びに行くからね」

「……そのうちまた、遊びに行くそうだ」

俺が行くなら、きっとメルヒオールもついて来てくれるはずだ。そうすれば縁が続く。その考えを察したかつての宰相は、俺へ頭を下げた。

「王妃様のご訪問、心からお待ちしております」

初めてばあちゃんに王妃と呼ばれた気がする。そう呼ばれるのは、認められたようで嬉しかった。

メルヒオールはサイラスを牢から出すよう命じ、城の隅にある塔への謹慎を改めて言い渡した。

「オルロフ、お前からサイラスに伝えてくれ。彼の妹が不幸ではなかったことと、残された甥が愛する番を迎えたことを。そのうち直接報告しに行こう」

「王命、しかと承りました」

満足そうにオルロフへうなずく姿は貫禄を増していた。


二人で王城の長い廊下を歩く。

「メルと話せるようになって、すごく嬉しい。あの五人に感謝だね」

「そんなことをする必要はない。むしろ永久に謹慎させたいくらいだ」

メルヒオールが不機嫌に顔をしかめる。それだけ嫉妬してくれているのだと思うと、にやけてしまってしょうがない。

綿帽子をかぶった純白の中庭が見え、お披露目の宴を思い出した。

「俺が領主の息子さんたちに絡まれてたのを助けてくれたとき、なんて言ってたの?」

「我が妻を辱めるとは、そんなに死にたいとは知らなかった。素手でいますぐブチ殺すぞ、と言った」

「王様がそんな言葉を使っちゃうのヤバくない?」

過保護ぶりに呆れると、心底不思議そうになぜだと問い返される。

「私がいなければ、皆がいますぐそなたに求婚してくるぞ。王である私の手前、求婚は諦めても、ひと晩でも思いを遂げようとしてくる奴らがいるかもしれない。そんな危ない目にキリヤをあわせるわけにはいかない」

親バカならぬ嫁バカに苦笑する。恋の盲目力がハンパない。

「そんなに俺、モテないから」

「そなたは自分の魅力が分からないのか？　こんなにかわいくて美しくて、体臭でさえ甘くかぐわしいのだぞ！　私は最初にひと目見たときから、胸が痛むほど高鳴って高鳴って——」

そこへ陽気な声が割り込んだ。

「喜べ！　美の化身が来てやったぞ！」

声のする方を見ると、見覚えのある派手な一団が目に留まる。今回も両脇に美女を従えているのは、プーニャの王だ。

「キリヤ殿の見舞いに来たのだ。大変だったそうじゃないか。これは発情抑制作用のある薬草だ。乾燥した薬草より生の方が効きが良いと母が申していた」

誇らしげなプーニャ王から薬草が植えられた鉢を渡され、お礼の代わりにぺこりと頭を下げた。

「騒ぎについては箝口令を布《し》いたはずだ。なぜ知っている？」

訝るメルヒオールに、先の黒い虎耳をピンと伸ばした虎の王は得意げな顔をする。

「猫は足音を消すのがうまいのさ。それより、お主たち言葉が通じるようになったそうじゃないか。めでたいから、僕が祝ってやろう！」

両手を広げて迫るプーニャ王を遮り、メルヒオールが俺を背中へ隠す。

「見舞いは感謝するが、残念ながら私たちは多忙だ。これで失礼させてもらう」

「ひと撫でぐらいさせてくれてもいいだろう。発情期に入ったそうだが、終わったのか？　どんな匂いか嗅がせてみろ」

くんくん鼻をうごめかす。何も感じられなかったようで、なんだ終わったのかとがっかりしている。

「ベータのヒトと同じ匂いだ。つまらん」

「お前、鼻の病気ではないか？　キリヤの体臭は摘み取ったばかりの花の香りがするぞ。ほら甘い」

これ見よがしに俺のうなじに鼻を寄せ、すうすうと匂いを嗅ぐ。それを見るプーニャ王の視線は冷ややかだ。

「体臭が甘いだと？　色ボケも大概にしろ」

「このかぐわしい香りが分からんとは、鼻を医者に診てもらえ」

「診てもらうのはお前の頭の方だ。阿呆め」

「私を侮辱したな。シーウェルト軍は、獣の姿になればどんな雪のなかでも速やかに進軍できるのだぞ」

「プーニャ軍は、分厚い毛皮に覆われたお前たちを翻弄する戦術を百通り持っているぞ。砂漠に追い込まれ、水不足で倒れてから降参しても助けてやらんからな」

互いに胸を張り、自国の軍を誇る。どちらも折れるつもりはないらしい。

「メル、ケンカすんなよ！　虎の王様の言っていることは合ってるんだよ」

「虎の肩を持つというのか⁉」

「言葉が通じると聞いたが、僕にはキリヤ殿の言葉は分からないのか」

仲裁の言葉を聞いたプーニャ王があからさまに落胆する。怒気でつり上がっていた顔から力が抜け、肩が落ちてちょっと猫背になった。相変わらず素直な人だ。

「仕方ない。シーウェルト王、彼はなんと話しているのだ？」

「通訳したら帰ると約束するならいいぞ」

「こんな度量の狭い男が大陸一の大国を治めているとは嘆かわしい！」

再びムキになったメルヒオールを押しとどめ、またもや間に入る。

「もう、モメんなってば。メルが俺の体臭を甘く感じるのは、俺たちが運命の番だからだよ」

「私たちが運命の番だと？　そんなおとぎ話をなぜキリヤが知って……」

「その話なら僕も子どものころ耳にしたことがあるぞ」

そこで虎の王がぽんと手を打つ。

「おとぎ話ではないのか！　そうか、貴様があまりにも骨抜きだから、一服盛られたのかと心配したが、それが理由だったか。シーウェルト王がキリヤ殿にベタボレなのは、運命の番だからだ！」

虎の王が驚きで呆けているメルヒオールの肩を叩くと、金色のまつげがぱちぱちと瞬きを繰り返す。

「運命……私とキリヤは運命によって結び付けられた仲なのか！」

やっと理解したメルヒオールが、俺の数か月遅れで奇跡に歓喜する。時間差がはなはだしいが、終わり良ければすべて良しと思うことにする。

「俺、初めからメルが運命の番だってすぐ分かったんだよ。なのに、キスしたら断られてすごくショックだった。あのまま本能の通りに番ってたら、こんな回り道しなかったのに」

甘えも混ぜて拗ねてみせる。引き続き感動しているメルヒオールは、俺をぎゅうぎゅう抱きしめた。

「結婚の宣誓式前に交わるのはふしだらとされているのだ。大事な妃に、そんな失礼なことはできない。式のあとはと期待していたが、今度は私が断られて胸が張り裂けそうだった」

「だって名前も分かってくれないんだよ？　子どもができたら、会話のできない俺には育てられないんじゃないかって……」

「乳母がいるだろう？」

「そういうのが嫌だったの！　俺は自分で育てたいし、メルにも育ててほしい。でもメルは王様だから、忙しくてムリだろうし。言葉が通じないから誰にも相談できなくて、一人でぐるぐる悩んでさ……」

「安心してくれ。そのときは育児休暇を取る」

異世界で聞くには違和感のあるフレーズに耳を疑う。

「え？　いま、育児休暇って言った？」

「宰相の妻が半年前に三人目を出産してから、うちの宰相は育児休暇中なんだ。彼の分の仕事が私に回ってきていたから忙しかっただけで、普段はもっとそなただけに時間をさける。そろそろ復職するだろうから、今度は私がハネムーン休暇をとろう。もちろん子どもが生まれたら長期で休暇をとるさ」

オルロフばあちゃんが前の王様の宰相だったのだからメルヒオールにもいて当然だと、いまさらながら気づく。

「王様、育休取れんのか!!」

「これで懸念はなくなった。もう、そなたを孕ませてもいいな？」

あからさまな言葉に頬を染め、聞こえているに違いないプーニャ王を見ると、肩を竦めて去っていくところだった。気を利かせてくれたらしい。

目の前の凛々しい顔がほころぶ。まっすぐ見つめ、笑顔でうなずいた。


それから俺は一歩も歩かずに寝室へ入った。お姫様抱っこのまま、プーニャ王にもらった薬草の鉢を窓辺に置くと、ベッドへ下ろされる。ドアを閉めれば、二人きりだ。まだ陽は高い。

沈黙のなかで、パチパチと暖炉で火が爆ぜる音が響く。

こちらを見下ろす顔の真剣さに息を呑む。逞しい腕が伸び、俺が纏う服を次々とはぎ取った。雪が降ってから手放せない靴下と下着一枚が残る。

俺の裸身を眺めながら己の唇をぺろりと舐める姿は、まさに獲物を前にした獣だ。肉食獣らしい鋭いまなざしをこちらへ向けながら、ゆっくりと己の衣服を脱ぎ落とす。

中心が大きく盛り上がった白い下着に視線が引き寄せられる。布の中央はすでにじんわり濡れており、それを誇らかに晒す姿に見惚れた。筋張った大きな手が、悠々と布を取り払う。

すぐそばで凶暴なほど膨れ上がった赤黒い陰茎が、重たげに揺れる。

「キリヤ」

名前を呼ばれただけで背筋がぞくりと震える。獣の前へ、食ってくれとばかりに四肢を投げ出す。

長い口づけを交わした。ふさふさのしっぽが、俺の輪郭を辿るように肌の上をするすると撫で、くすぐる。

たまらないとばかりに、メルヒオールが熱い息を吐く。耳へ吐息が吹き込まれ、その息だけで俺も張り、勃起した。下着の上から大きな手で握られ、上下に擦られると声が漏れた。仕返しとばかりに、金髪から飛び出た耳を掴むと、手のひらの中でぷるぷると震える。

「耳って恋人しか触っちゃいけないんだろ？　なら、いまはいいんだよね？」

「ああ、何度でも気の済むまで触ればいい」

じれったそうに、腰に結わえられた下着の紐を太い指が引っかく。うまくほどくことができないようだ。自分でやったが俺も指がもつれてしまい、二人でもたついてしまった。待ちきれないメルヒオールの荒い息を聞きながらやっと外すと、下着を飛ばす勢いで脱がされた。

彼の視線が痛いほど俺の股間へ注がれる。濡れた先端が上向き、そこからまた新たなしずくが湧き上がる。

「……して」

一点を凝視する男へ、手を伸ばす。

男の瞳に熱がこもり、熱い舌で勃ち上がったものを舐めまわされる。靴下を脱がすのも忘れてむしゃぶりつき、力強く吸われた。

「メル、そんなにしたらイっちゃうってば……だめっ、だ……あぁっ」

あっさり放ったものを、大陸一の王様はすべてきれいに舐めとる。

「これが甘いのも運命の番だからなのだな？」

感動したメルヒオールは、オメガとしての反応で潤った尻にも舌を伸ばした。高く上げた脚も恥ずかしければ、そのはざまで動く金髪も見ていられない。

「そなたのここから花の蜜が溢れてくるぞ」

両足を上げて陰部をさらけ出したまま、前も後ろも交互にぺろぺろと舐められる。陰嚢まで口に含まれ、濡れた陰毛が張り付いた袋がぶるりと揺れた。

太い指が後腔に潜り込み、もっと蜜をこぼせと促される。指とともに奥へ入り込もうとする舌の存在に、しびれるほど感じた。また達してしまいそうになり、息を詰めて耐える。

指で広げられたそこへ、唾液が流し込まれる。激しく指を出し入れするたび、ぐぽぐぽと音が立つ。何本含まされているのか、もう分からない。

「中まで柔らかい。私の指を気に入ったようだ。吸い込もうとしてくるぞ」

「またイっちゃうから、あ……まって、ヤダ……んんっ」

追い詰めすぎたと感じたメルヒオールの手が緩み、ようやく息をつく。

「俺も。俺もメルの甘く感じるから。メルの、俺にもちょうだい」

身体を入れ替え、今度は俺が隆々としたものを咥えた。されると思っていなかったメルヒオールが戸惑う声を上げたが、かまわず唾液を幹へ塗り込む。

初めて口にした彼のものは、先走りも汗もすべて甘くて、いくら舐めても飽きない。もっと早くしていればよかったと後悔しながら、せがむように重い陰嚢を握りしめる。

「あぁ、キリヤ……」

メルヒオールの大きな手に、髪をかき上げられる。俺が感じる部分を刺激するたびに、彼の声が上擦り、指先に力が込められる。先端から溢れるものを味わえば味わうほど、俺も煽られた。もっともっとと、それればかりで頭がいっぱいになる。

「メルのおいしい。ねえ、もっとちょうだい」

おいしいそれの持ち主を見上げながら大きく口を開ける。舌の根を押し付け、舐め上げた。低い喘ぎとともに、肩を押される。もっと舐めたいと抗ううちに、メルヒオールが果て、白濁が俺の頬を打つ。

――あぁ、もったいない。

頬から首へとろとろと伝い落ちるものを指でぬぐい取り、しゃぶって舐めた。初めての味に目を閉じ、恍惚とする。運命の番の精は甘く、エグ味もない。ただひたすら甘い。

「すまないキリヤ。すぐに拭く」

頬についたものを拭こうとする手から、身を反らして逃げる。こんないいものを横取りされるものかと、夢中で指を舐めとる。

「キリヤ、顔を拭くだけだ。逃げないでおくれ」

「やだ……ぜんぶ舐める……」

こくりと飲み込むたびに動く喉を、太い指が撫でた。俺と同じタイミングでメルヒオールの喉も動く。一緒だと思った俺が微笑むと、喉を撫でた手が肩へ流れ、ぐいと押された。

ベッドへ仰向けになった俺の脚を広げると、間へ鍛えられた身体を入れる。毛糸の靴下に包まれた足を抱えられ、かかとが筋肉で盛り上がった肩へ乗せられる。

「もう限界だ。そなたの中へ入れてくれ」

あてがわれたものの熱に、期待と落胆が混じる。

「もっと舐めたかったのに」

「愛らしいわがままは、あとでたっぷり聞いてやる」

硬く熱い塊が、王様の唾液にまみれた俺の尻へずぶずぶと沈み込む。隘路《あいろ》を広げながらどこまでも突き進む熱が、深さを俺へ知らしめる。

「あぁ……奥、入ってく……おっきいの、くる……」

すべて収まれば抜かれ、また打ち込まれる。繰り返すたびに突き上げる動きが加速していく。

「あっ、あっ……すご……い」

揺り上げられながら、指に残った精をしゃぶった。ふっと笑ったメルヒオールが優しく俺へ囁く。

「うまいか?」

問われ、うっとりとうなずく。がくがくと揺さぶられながら、途切れ途切れにつぶやいた。

「あまい……すご……すごく、あまいよっ……」

「もう私が限界だ」

中から出ていこうと離れかけた彼の腰を、太ももで挟んで引き留める。

「やっ……どこ、いくんだよ」

「まだ、中に出していいと、許可をもらえていない」

「いじわる言うなよ……」

欲しいのひと言が口にできず、言いよどむ。

「だから?」

いやらしいことを言わせようとする魂胆は分かっていたが、さんざん我慢させたことを思えば、恥ずかしいけれどちゃんと言ってやりたい気もする。にやりと笑う頬をむにっと摑んで、欲しがる言葉を伝えた。

「……俺の中でいけよ……」

羞恥をまぎらわせたくて口づけをせがむと、たっぷりの唾液を与えられた。引き締まった身体に太ももをすり付けながら、挿し込まれる舌をじゅるじゅるとすする。

ぐっと腹に力を入れたメルヒオールが本気を出したのが分かった。

ひと突きごとに官能が送り込まれる。それが身体の奥底に溜まり、大きく固く、蓄積されていく。快感を堪える苦しげな顔の背後で、しっぽがぶんぶん振られているのは愛嬌だ。

性器が激しく尻へ打ち付けられる。肉を打つリズミカルな音が、恥ずかしくていやらしい。

「キリヤ、キリヤ……っ」

最後に引き締まった陰嚢をぐりぐりと押し付けられ、願ったものが放たれる。体内へ出される感覚を味わい、陶酔の息を漏らす。

指にリボンが絡む。見れば太もものあたりで、毛糸の靴下を留めていたものがほどけていた。掲げた脚から毛糸の靴下がするりと脱がされる。その下に履いていた絹の靴下も脱がせてくれるのかと思ったら、そっちの方は解いてくれなかった。

メルヒオールは触り心地を楽しむように指の腹で絹に包まれた足先を撫でる。不意に靴下ごとつま先をしゃぶられた。甘噛みされ、絹の濡れる感触が卑猥に感じる。

「なっ……なにしてんだよ。足なんかうまくないだろ」

頬を熱くし、なんでもないふりをする。

「キリヤがかわいすぎて食べたくなった」

甘い声とまなざしに耐えきれず、うろうろと視線をさまよわせてしまう。

上げた脚をそのまま反対側へ倒され、つながったままぐるりと身体を回される。彼を咥えた縁がぎゆるりと擦れ、硬い陰毛が尻をくすぐった。俯せになったことで抜けそうになり、思わず自分で尻を突き出す。背を反らし、四つん這いの姿勢で振り返る。

「メル……」

名を呼び、汗ばんだうなじを差し出した。噛んでくれとしぐさで示す。恥ずかしいとかはしたないとか、もうどうでもいい。好きだし、番になりたい。ほかの誰にもこの男を渡したくない。

「俺のものになってよ、メル」

ガフッという唸り声とともに、噛みつかれた。突然の衝撃に驚いたが、噛む力は手加減されたものだった。ふうふうと熱い息が吐かれるたびに、力がこめられていく。

うなじに当てられた歯がわずかに伸びた気がした。次第に痛みが強くなり、確信する。メルヒオールが獣へ姿を変えたのだ。

獣の牙は、肌をぷちりと食い破る。じわりと流れ出る赤い血を想像し、契る歓びを感じた。高まった感情が頭の芯をしびれさせ、呻き声しか上げられない。

「う……あ、あぁ……」

俺に呼応し、頭の後ろで低い唸り声が上がる。

背中に触れていた肌が、いつしか分厚い毛皮の感触に変わっていた。番の契りを結んだ雄のものがぐんと伸び、根元にぷっくりと膨れたこぶができたのを、受け入れた部分で感じる。身体がわずかでも離れると、がっちりとはまったこぶに引っ張られ、簡単に抜けない。

深くまで入り込んだ肉茎が、ひくつきながら再び放つ。

噛まれた部分を、幅広の薄い舌で舐められる。血もまた甘いのか、舌の動きはなかなかやまない。

視界の端に獣の太い前肢が見えた。中へ埋まった部分をさらに受け入れようと背を伸ばし、尻を押し付ける。尻たぶにあの柔らかな腹毛を感じる。

背中に肉球と爪のある肢が置かれた。その感触と優しい重みに身体が歓ぶ。

俺のいた世界では許されない禁断の行いに、一瞬、後ろめたくなる。しかし、それよりも愛する番のものを受け入れる歓喜がはるかに上まわった。この世界で生きる決意とともに、逞しい狼から与えられる快感を、心の底から受け入れる。

「私の番だ……キリヤ、キリヤ……」

「メル……メル……んッ、あぁぁ……」

互いの名を呼び合い、性器を擦り合わせる。

細かく揺らされ、びりびりするような官能が身体中を駆け巡る。その振動が太ももに結ばれたままのリボンに伝わり、痙攣するように震えた。

勃ち上がった俺のものは達することなく、身体ばかりが激しい快楽に晒される。びくりと大きく全身を引きつらせたのち、ふっと意識が途切れた。

目を開けば、ヒトの姿に戻ったメルヒオールが、横になった俺を後ろから抱きしめている。俺が目覚めたのに気づくと、頬にキスを落とされた。

「運命の番とは本当に素晴らしいな。何もかも素晴らしいぞ」

感嘆とともにゆるゆると腰を揺らす。彼を食んだままのそこから、注がれたものがとぷりと溢れ、シーツを濡らす。

——うそ、またしてる？　これって、たぶん……抜かずの三——ってヤツ？

疲労で脱力した尻を硬い下腹が打つ。

「や……あぁ……んっ」

受け入れたそこは緩み、ぐちゅくちゅと卑猥な音を立てながら彼を呑み込んだ。


「やりすぎだから！」

ぴしりと怒ると、金色の耳がぱっと伏せられる。

翌日の夕方になるまで、俺の腰は立たなかった。かいがいしく世話するメルヒオールへ、説教せずにはいられない。

「いくら俺がオメガだからって、ぬ、抜かずの三……って」

「オルロフの忠告を守ったのだが、それでも負担だったか？」

「忠告？」

そういえば、孤児院にいるばあちゃんを訪ねた際、何か耳打ちされていたのを思い出す。

「オルロフがヒトと獣人の精力は違うゆえ、一度で済ますよう助言されたのだ。これまでもちろん守っていたが、今回は何度も気をやりながらだったからな。外れないよう苦労したぞ。嫌だったか？」

「嫌っていうか……そういうわけではないけどさ……」

「たった一度にしたぞ？」

「どこが一回だよ。助言守ってないだろ」

「獣人との性交はヒトにとって負担が大きいから、入れるときはひと晩に一度だけにとどめたのだ。私は一度しかしていないだろう？　子種を付ける許しと一緒に番の契りを結ぶ合意も得られたし――」

「ちょっと待って！　もしかして、これまで俺のうなじを噛まなかった理由ってそれだったんだ」

どうやら、彼の誠実さを誤解していたようだ。

「きちんと合意を得るまで耐えるのは当然だ。初夜のような失敗は繰り返したくない。それにしても、昨晩はいつもより長くキリヤの中にいられて嬉しかった。最高の一回だったぞ」

幸せそうに話すメルヒオールは、抜かずの三回ならセーフと思い込んだらしい。むしろこっちの負担が増している気がする。

「カウントの仕方が違うから！」

どう違うのだと詳細な説明を求められ、困ってしまった。しばらくプンプンしていたら、しょげた姿が、俺が初夜を断った日と同じ様子に見えてしまい、次は自分がはっきり断ればいいかと思い直す。

「それにしても、こうしてまたキリヤと過ごせるとは、これほど喜ばしいことはない。サイラスに攫われたときは、胸がつぶれる思いだった。あの不審な火事がなければ、そなたを見つけられなかったな。あれは奇跡だ」

「あれ、俺だよ。魔石で火をつけたんだ」

驚いたメルヒオールが目を円くする。

「キリヤは魔力がまったくないから、ヒト並みに魔石も使えないのではなかったか？」

「ばあちゃんが話してただろ。夫婦で仲良くすれば、そのうち俺も使えるって」

「私の体液を取り込めばな。……もしや」

「キスのおかげじゃないかな。あと、アレを塗りまくられてたし」

「キリヤに唾液をたっぷり飲ませておいて正解だったな。私の精も好きなようだし、ヒト以上の魔石使いになるかもしれない」

恥ずかしい言い方に頬が熱くなる。だからといってあまりたくさんされては困る。

「メル、俺、まだ怒ってるんだからな。機嫌が直るまで獣の姿でいろよ」

機嫌はとっくに直っているくせに、甘えたくて妥協案を示した。俺の気持ちを見透かしたのか、幸せそうに笑って獣姿になってくれる。なぜだかこの姿の方が正直に甘えられるのだ。

豊かな金の毛並みに顔をうずめる。大きなしっぽがブンと振れた。


雪が解け、土の匂いがし始めると、春の始まりだ。

その後、事件は公にされ、その一部は王族側の対応にも問題があったと声明が出された。また、王の配偶者の家族に貴族位を与える習慣を取りやめ、その代わりに親族として扱うことに改めた。あまりさかのぼっても混乱が生じるため、適用するのはメルヒオールのお母さん以降となった。

もちろんサイラスさんの罪がなくなるわけではないから、正式に王の伯父となっても、まだ塔の中で謹慎しているのは変わらない。しかしその心中は変化があったようだ。

ジオから聞いた話では、サイラスさんは俺を誘拐したことを心から反省しているそうだ。俺たちだけじゃなく、先王夫妻も互いに愛し合っていたと知り、涙したらしい。

妹さんが不幸でなかったことは救いだけれど、せめてそれだけでも知らせてもらえていたらと思わずにはいられない。それができていたら、王城に連れ去られた妹のその後をほとんど知らされず、伯父としての存在も無視されてきたサイラスさんが王族へ抱いた恨みは、もう少し違う形になっていたかもしれない。

母方の一族を必要以上に遠ざけていた前の王様も、その宰相だったオルロフばあちゃんも、国の将来を心配してやったことだ。初めから誰かを傷つけたくてしたわけじゃない。だけど、自分が正しいと思うことを貫くために、誰かに犠牲を押し付けるのは間違っていたのだと思う。

母親のことをほとんど聞かされぬまま育ち、多忙な父親以外慕う親族がいなかったメルヒオールは、最後の王族としての重圧と孤独に耐えてきた。その辛さは俺なんかには想像もつかない。

メルヒオールもサイラスさんも、心痛に耐えてきたことに変わりはない。これからは、オメガである俺が二人の間に立つことで、何かが変わればいいと願っている。

「サイラスさん、いつまで謹慎しなきゃいけないのかな」

振り返ると、塔の上にこの世界の小さな月が昇っていた。残雪でぬかるんだ道を、石畳を選んで歩く。夜目の利かない俺は危ないからと、メルヒオールに抱き上げられていた。

さっきまで俺たちはあの塔にいた。二人で一緒に差し入れを持っていったのだ。

しきたりが改められたことをジオが説明すると、無言で頭を下げていた。

メルヒオールは立場もあって、直接話しかけることはいまのところ控えている。けれど、夜はまだ冷えるだろうからと寝具を差し入れに足していたから、分かり合える日は遠くないと思う。

「犯した罪は簡単に償えるものではない。だが……オルロフが孤児院の経理をしてくれる適任者を探しているそうだ。サイラスなら逃亡の心配もない。雪が解けたら謹慎から奉仕労働に切り替えてもいいだろう」

「メル！　ありがとう！」

暗くて彼の表情は分からないが、抱きついて頬を寄せたら、ふんっと鼻息が俺の腕にかかる。

「自分の食い扶持は自分で稼いでもらった方が、国庫の負担にならないからな」

簡単に切り替えられないものだと理解しているが、それでも歩み寄ってくれたのが嬉しくて、思わず笑みが浮かんだ。

「湯の準備をさせてある。このままともに入ろうか」

俺に向けられる声はいつも優しいけれど、いくつかパターンがあるのを最近発見した。この声は、エッチがしたいときの下心のある優しい声だ。

「何もしないならいいよ」

甘える代わりにわざといじわるを言う。真に受けたメルヒオールがぐっと息を詰めた。

「…………」

どう答えるのかわくわくして待つが、俺を抱えた恋人のリアクションは、『無言のまま息を止める』だった。そんなに追い詰めたつもりはないのだが、なぜだろう。

「……冗談だよ」

酸欠を心配して取り消せば、やっと大きく息を吹き返す。

「うむ」

生真面目な声でうなずき、歩調を早める。そして再び沈黙だ。

まるで自分がものすごくつまらない冗談を口にしてしまったような雰囲気だ。まったく不本意だが、運命の番であっても通じ合うには時間が必要なのだと己に言い聞かせる。

メルヒオールには俺がどう見えているんだろうと不思議に思うことがある。周りの獣人より三十センチ低い身長は、この世界のヒトに比べても小柄らしいから、ものすごくか弱く見えているのかもしれない。

それに、なんにもできないヤツだと思われている気がしている。

一緒に風呂に入ると、メルヒオールは自分よりも先に俺の身体を洗うし、風呂から出れば、服も着せてくれる。最初に下着を付けなかったことを、まだ心配しているのかもしれない。

風呂から出ると、またもや抱っこで寝室に直行だ。湯冷めしないよう布で身体を包んでくれる細やかさで、ベッドの上では蜂蜜《はちみつ》とハーブの入った甘い水を一杯飲ませるのも忘れない。

水ぐらい自分で飲めるけれど、メルヒオールのしっぽがいつも上機嫌に揺れているから、世話を焼かせてやるのも番の役目かと思うようにしている。

「じゃあ、おやすみ」

俺はこてんとベッドに横になり、わざとそっぽを向く。

「キリヤ……具合が悪いのか？　頭が痛いのか？　腹か？　医師を呼ぶか？　薬湯は——」

ため息をついて寝返りを打ち、またもや冗談の通じない王様を見上げる。頭の上の耳がヘタれ、しっぽも垂れて元気がない。本気で心配させてしまった。

「冗談だってば」

「冗談？　私に嘘をつくことのどこか冗談なんだ？」

ちょっとムッとした声に申し訳なくなる。異世界のジョークは難しい。空振った自分の冗談を説明させられるという苦行に、重い息をつく。

「甘えたんだよ。いまのは……えっと、仲良くしようよって意味」

我ながら壊滅的に下手な説明だ。こんなので伝わるわけがない。

「キリヤの世界では、反対の言葉を言い合って戯れるのか？」

「仲がいい相手とはね」

「私とキリヤは仲がいいから、反対言葉で戯れる関係に該当するということだな」

難しい言いまわしをされると途中からついていけない。だけど、王様が喜んでいるようだから俺はうんうんとうなずき、両手を広げた。

「つまり、早く来いよって意味」

金色の瞳がきらりと光り、わふんと犬っぽい声を上げてメルヒオールがベッドへ飛び込む。

頬に唇、首筋に胸と舌が這い、金色の頭が下がってゆく。そんなに舐めたら風呂に入った意味がなくなるんじゃないかと思ってしまった。


背後から抱きしめる腕は優しいのに、尻を穿つ動きは荒々しい。ぐっ、ぐっと押し込まれるたびに、俺も尻を突き出し、迎え入れる。角度を変え、当たる場所を探る王様の腰つきが、雄っぽくていやらしい。

突かれるたびに身体がびくびくしてしまう箇所を見つけ、しつこいくらいに繰り返し攻められる。

気持ちを通じ合わせて以降、メルヒオールは毎回一度で終わらない。そんな彼に最後まで付き合うには、先に出したら不利になると、何度か経験して知った。

「もぉッ、だめっ！　ヤだってば。もうイくから、無理っ、やっ！」

揺さぶられながら、哀願する。

「分かっている、キリヤ。仲の良い相手には反対の言葉で誘うんだったな」

「ちがっ、ホントにッ、ソコ、だめだっ――あぁぁッ……」

一層、せわしなく突き上げられ、あえなく達してしまう。今夜も負けだ。探し求めた運命の番は、それが俺の幸せだと思っているから、ねちっこいぐらいに熱心だ。

「身体だけでなく、言葉でも私と戯れてくれるとは、キリヤは私の理想そのものだ」

ぐったりと横たわる俺を仰向けにし、つながったまま抱き上げる。俺が放ったものがゆっくりと下生えを伝い、二人をつなぎ合う箇所を潤す。

腰をまたぎ、向かい合った体位は、互いの表情が見えるから恥ずかしい。それに彼が少し背を丸めれば、鼻先に俺の胸が当たる。赤らんだ乳首にふうと息を吹かれるのも、唇で食まれるのも、どちらもたまらなく好きだから、胸を左右に振ってねだってしまう。

すぐに願いは叶えられ、胸の刺激に喘ぐ。そのままぐっと腰を落とし、根元まで呑み込んだ縁が伸びる感覚に酔いしれた。

「んん……」

鼻にかかった声を上げると、一度だけ揺すり上げられる。濡れた音がぐちゅりと立つ。再開していいかと視線で問われ、思わず悪態をつく。

「もうちょっと待てって。休ませろよ。もう、バカ」

不平をつぶやく恋人をなだめるように、メルヒオールはキスを頬に繰り返す。

「それも戯れ言葉だな。バカの反対ということは、愛しているという意味か？」

そう的外れでもない指摘に頬が熱くなる。

「愛しいキリヤ、もう一度……ん？」

「え？」

メルヒオールの視線を辿り、己の乳首を見下ろす。王様の唾液で濡れたそこは赤くぷっくりと腫れ、その小さな円い粒の先端には白い点が浮かんでいた。点は球状にぷうっと膨れると、弾けて流れる。

二人そろってぎょっとする。

「何これ？　病気？」

「乳首をかまいすぎたせいか？　医者だ！　医者を呼ぼう！」

急遽呼ばれた王族付きの医者は、年老いた犬の獣人だった。丸眼鏡をし、犬なのに猫背の男がジルリフと名乗る。入室早々、王様に急かされ、俺の乳首と対面させられる。

「これを見てくれ！　キリヤの乳首からおかしな液体が出たのだ！　痛みはないと言っているが、私がキリヤの乳首をかまいすぎていつの間にか傷ができ、膿が出てきたのだろうか？　舐めたが血のような味はしないうえに甘いくらいだが、己の番を傷つけるとは私はキリヤの番として失格だ！」

嘆き悲しむ王様へ、ジルリフは首を振って答える。

「ご安心ください。これは――」

「治るのか！　さすが国一番の名医だ！」

「陛下、落ち着いてお聞きくださ――」

「なんてことだ！　落ち着いて聞かねばならないほど、深刻な病気なのか？」

「メル、いい加減黙って！　最後まで聞こうよ！」

叱った途端、狼の立派な耳がぺたんと伏せられる。そこでようやく国一番の名医は診断結果を口にした。

「ご懐妊です。おめでとうございます」

うぉーっと歓びのあまり遠吠えをしたメルヒオールを、猫背の老医師は物言いたげな顔で見守る。おめでとうの表情から程遠いことに気づいた王様も、遠吠えを尻すぼみに終えた。

「お二人が親になるにあたって、ご注意申し上げたいことがございます」

「う、うむ。許す、申せ」

「英明なる陛下であらせられますならば、王妃様のご懐妊の可能性にお気づきになるべきでした。王妃様もご自覚がなかったご様子。これにも僭越《せんえつ》ながら苦言を申し上げたい。母としてご自身のお身体の変化にくれぐれもご注意なさるべきかと。食欲が増したとか、強い眠気に一日中襲われるなど兆候があったのではございませんか？」

ヘタれそうになる耳を必死に立てて威厳を保とうとするメルヒオールの隣で、俺はうなだれる。

「そういえば最近やたらと眠かった。ごはんも毎回お代わりしてました」

どちらも該当するそうだ、とメルヒオールが間に入って訳してくれる。

「ご自身だけのお身体ではありません。閨での愛の語らいもしばらくお控えください」

ひゅっと息を呑む音が聞こえた。隣を見上げれば、ショックを受けた顔をしている。

愛の語らい――ベッドで話すだけなのになぜ禁止されるのだろうか。俺にはさっぱり分からないが、この世界ではそういうものなんだろうと理解する。

「じゃあ、これからは俺一人で寝ます」

そう誓うと、王様がしょんぼりと再び訳す。老医師が安心したようにうなずいたので、たぶんこの予想で合っている。

ジオが気を利かせてピノーに使いを出してくれた。慶事を伝えると、夜中にも関わらず駆けつけてくれる。ジオも交え、再びひとしきり歓喜に沸く。その後、出産までの体調管理について、俺も含めた緊急ミーティングが開かれた。

ピノーとジオは俺の食欲が増えたことで体型が変化したのに気づいていたそうだ。以前の衣装が入らなくなったことを心配し、メルヒオールに相談していたと話す。しかし、太ったキリヤもかわいいとノロケるばかりで、取り合ってもらえなかったらしい。

「俺、太ってたんだ……」

幸せだから食事もおいしく感じるのだろうと思っていた。ピノーたちを不安にさせるほどだったとは正直ショックだ。

メルヒオールはメルヒオールで、おなかの子を圧迫する体位をたくさん取ってしまったと焦っている。その気持ちは分からなくはないけれど、ジルリフにどんな体位で、どんな風に何度したか話しだし、俺を慌てさせた。

結局、一部始終を耳にした老医師は、顔から湯気を出さんばかりに赤面した。熱があるならキリヤに風邪をうつさぬよう出ていってくれるかと、ズレた王様は誤解する。

てんやわんやだったけれど、幸せというのがぴったりの夜だった。浮き立つ気持ちのせいか、メルヒオールの勘違いもけらけら笑ってしまう。

「キリヤ、そなたが私に家族を授けてくれるのだな。ああ、この気持ちをなんと言えばいいのだろう。愛している、それを百万回叫びたい気分だ」

「……俺も、そういう気分かも」

「では二人で愛していると百万回言い合おうか？　記念すべき一回目はそなたに譲ろう」

さあどうぞと待たれると、ただでさえ恥ずかしくて言いづらいものが、さらにハードルが上がってしまう。

「うう……心の中で百万回繰り返しとくから。省略しといて」

「何を省略するのだ？」

「だから、愛してるって言葉だよ」

ぶん、としっぽが音を立てて空を切る。

「……ジオ！　今日この日を王妃の日と定める！　以後、祝日とするように!!」

急に王様モードになったメルヒオールの低い声が、寝室に響く。意味が分からずジオとピノーを見れば、二人もあっけにとられていた。

いつの間に話題が変わったのだろうか。とりあえず、しっぽは高速で振られ続けている。

「……機嫌良さそうだし、まあいっか」

「愛している、キリヤ。百万回繰り返せば、この永遠の気持ちが伝わるだろうか？」

隙あらば甘い言葉を向けてくる番が隣にいることが、嬉しくて幸せだ。二人で微笑み、新たな家族の懐妊を喜んだ。

END

最愛の番について

我が最愛の番について1

私の愛しい番は、現在妊娠中だ。しかもキリヤが身の内で育んでいるのは双子らしい。さすが我が番である。

すっかり大きくなった腹は動くのも大儀そうで、最近は椅子に座ったまま一日を過ごすことが増えた。

手慰みというわけではないが、せっかくだから両親に無事を伝えてはどうかと提案した。それくらいの魔術なら、なんとか魔石の都合もつくだろう。しかし、個人的なことに国の大事な魔石を使えないと断られた。

なんて素晴らしい心掛けだろう。妃としても最高だ。

確かにただでさえプーニャには貸しを作っている。これ以上無理をするのは得策ではないが、それでも彼が胸を痛めているのなら、なんでもしたかった。

私はできるだけ早く質の良い魔石をたくさん作って溜めるつもりだ。私個人で溜めた魔石ならば、特権乱用にはならない。それに最近なぜか、魔石の出来が以前より早くなったのだ。

これについては、いまも続く愛の語らい禁止令が関係していると思われる。

子を宿したキリヤは穢れを知らぬ清らかさで、夫の暴れん坊をその手で慰《なぐさ》めてくれないかと頼める雰囲気ではない。

石に魔力が溜まりやすくなったのは、行き場を失った精力が魔力となって溢れ出たためではないかとジオに話したら、真実であろうとなかろうと、自分以外にその話はしないよう強くたしなめられた。王の威厳に関わるらしい。

シーウェルトは北方に位置するため、夏でも夜は冷える。キリヤの身体を冷やさぬよう、暖炉にせっせと薪をくべていたらやりすぎたらしく、暑いと言ってバルコニーに出ていってしまった。もちろんすぐにあとを追う。

夜風で涼む彼が転ばないよう、支えるために寄り添うと、そのまま私に寄り掛かってくれた。

「キリヤ、もう少し時間がかかるが、そなたの手紙を向こうの世界に必ず届けるからな。私が充分な魔石を作るまで待っていてくれ」

「ありがと。無理するなよ」

そう言って軽く頬にチュッと唇で触れられる。

――こんなさりげなくて悶えるほど甘いキスがあるとは！

キリヤのいた世界の愛情表現に驚愕を覚える。

異世界へ手紙を届けるだけの魔石を一人でとなると、さすがの私も半年はかかるに違いない。それを危惧すると、さらりと私の胸を打ち抜く言葉をくれた。

「俺が運命の番と会えたって伝えられれば、それでウチの親は充分安心してくれるから。俺、お前を待つよ」

お前を待つよ。

聞いたか諸君。なんと愛しい七文字だ。我が最愛の番は七文字で私を呼吸不全にできるのだ。かわいい。もうかわいいレベルが異常値に達している。

そんなかわいいキリヤだが、私には気に掛かっていることがある。もちろん愛しい妻の不貞を疑っているわけではない。しかし、気になって仕方がないのだ。

キリヤがピノーへ靴下をまたプレゼントした。

もう何足目だろうか。いくらヒト同士で気安く感じているとはいえ、夫である私への贈り物より圧倒的に回数が多いのはおかしい。

二人の意思疎通が問題なく行われるようになってから、私は隙あらばキリヤに自分の愛情の深さと強さを、言葉を尽くして伝えているつもりだ。しかし、彼が自ら話題にするのは、己の夫の話ではなくピノーの話なのだ。

なぜピノーは将軍の配偶者になったのか。出会いや告白はどちらからしたのかといった、思春期の少年少女のようなことを聞かれ、下世話にもピノー本人にわざわざ確認せねばならなかった。（そのせいで、他人の妻と二人きりで恥ずかしい話をさせるとは非常識だと将軍にねちねち苦言を呈され、結果的に大変な労力を要した）

また、獣人とヒトの婚姻はどれぐらいあるのかという質問も出されたが、全国の戸籍係に命じて統計をとることで回答した。

南部に数十組確認できた。全体的にこの国の冬は厳しいため、定住する者は少ない。大抵は獣人の方がアトへ移住するのだと言うと納得していた。

そんなこんなで、キリヤの興味はピノーにばかり向けられている。

だが、王である私は嫉妬したりなどしない。なぜなら私にはこの金の毛並みがあるからだ。

キリヤは獣姿の私の方が好きらしい。スキンシップがまるきり違う。私を積極的に甘やかしてくる

ものだから、情けないことにすぐに腹毛を見せてしまう。

我が最愛の番は腹毛に顔をうずめるのが好きらしく、私の腹毛を見ると顔つきが変わる。頬は緩み、目は垂れる。声も心なしかちょっと高くなる。すっかり油断した顔は幸せそうで、私もこれ以上ない幸福を感じる。

獣とヒト、どちらの姿も私であることは変わりないと何度話しても、元いた世界の感覚が影響するのか、キリヤは態度が変わる。それはそれで彼の別の面を見られて嬉しい。

狼の私がとても好きなキリヤのために、今夜は獣の姿でいようと思う。彼はジルリフ医師から許可が出るまで一人で寝ると言っているが、あれは獣姿ならば数に入らないのではないだろうか。彼が心地よく眠りにつくまで全身を金の毛皮で包んでやれば、きっと喜んでくれるに違いない。何より私はキリヤに触れる口実ができる！

しかも獣姿の方が受精率は高いと言われているのだ。なぜいままで思いつかなかったのかと、反省したほどだ。愛の語らい解禁のあかつきには、必ずやろうと決意する。

しまった。思いついたら、解禁まで我慢できなくなった。

熟考の末、妥協策をとることにする。なし崩し案ともいえるが、腹の子には影響はないから、問題ないだろう。

「これは愛の語らいではない。戯れだ」

寝台の上で宣言すると、獣姿で彼の服の下に鼻先を突っ込んだ。下着の上から股間に額をぐりぐりと押し付ける。幅広の薄い舌でぺろりと舐めると、閨《ねや》と同じ甘い声を聴くことができた。

「感じちゃうだろ。だめだってば」

恥じらう言葉や態度とはうらはらに、吐息のなかに性的な熱を感じる。

次に、太ももの内側へ艶やかな毛並みの背中を擦り付ける。チクチクすると不平を口にしつつも、次第に発汗し、番の香りが濃く立ち上る。

足の付け根側では、また別の香りを発している。薄布の下着を鼻先でかき分けると、健気に立ち上がった陰茎がはみ出る。脇から長い舌で陰嚢からナニまで、そしてときには尻のはざままでしつこく舐めると達してくれた。夢見心地で彼の精の香りをたっぷり吸い、味わった。

罪悪感がどうのとキリヤがつぶやいていた意味がよく分からないが、狼姿のままならばこのまま一緒に寝てもいいと許してくれた。

我が番は寝顔もかわいい。それを眺めつつ、すっかり寝入ったのを確認すると、ヒトの姿に戻ってベッドを抜け出た。今日の日課がまだ終わっていない。

一日の締めくくりとして、私の知らない贈り物がキリヤへ届けられていないかチェックせねばならない。

我が最愛の番のかわいさは罪深いほどなのだ。横恋慕する者がいつ現れ、気を引こうと機会を狙うか分からない。幸い私が睨みを利かせているおかげで、そんな不届き者はいまのところいないようだ。

文机の引き出しの中がいつもと変わりないのを確認する。隅に隠すように置かれた手紙もいつもと同じだ。私の読めない異世界文字で書かれた手紙は、日がたつにつれ厚みを増している。両親に宛てたものに違いない。

平気そうに振る舞っていても、故郷を思う気持ちがなくなるわけではない。ご両親の心痛を思えば、必ずこの手紙を彼らの元へ届けねばならない。

首から下げた、青く澄んだ魔石を握りしめる。魔石の元となる石に変えたのは前回の満月のころだというのに、もう魔石として充分完成した輝きを見せている。

「これなら、満月があと二度巡れば、手紙をキリヤの世界に転送できそうだな。私の魔石をすべて使えば、定期的に――」

そこで、王という立場をすっかり忘れてしまっていた己に気づく。なんだか胸が軽くて心地よい。これが恋というものなのか。これほど楽しい人生があったのかと感動さえしてしまう。

「まるでただの恋する男だな」

彼に会う以前の自分は、王の務めをこなすのに頭がいっぱいだった。責任ある立場の自分もまた人生を楽しんで良いのだと、考えたことがなかった。日々毎日を楽しく過ごすおかげで、より人々の心に寄り添った考え方ができるようになり、仕事にも良い影響が出ている。

「――とはいえ」

視線を引き出しの中の手紙へ落とす。

本音をいえば、手紙に自分がどう書かれているのか気になるし、ピノーより私を気にしてほしい。嫉妬もするし、大事なことを忘れてキリヤにばかり入れ込んでしまうときもある。そんな自分が、嫌などころか気に入っていることに苦笑した。

俺の運命の番について

俺の乳を飲みたいと、真顔で迫られた。複雑な気分だ。

「どういう意味で？」

「そのままの意味だが？」

真意を知りたくとも問い返されてしまい、要領を得ない。マザコン的な意味なら断りたいが、きらきら目が輝いているから、単なる好奇心なんだろう。

バルコニーから庭を見下ろせば、去年生まれた双子の子どもたちは、父親譲りの金毛を輝かせ、獣の狼姿で転げまわっている。まだ一歳にも満たないが、獣人の子は成長が早いみたいだ。

二人とも男の子で、兄はオーランド、弟はリアムと名付けた。

彼らは獣姿で生まれ、まだ一度もヒトに姿を変えたことがない。幼い時期は獣の姿の方が動きやすくケガもしにくいので、三歳くらいまではこのままらしい。

脱走にさえ注意していれば、ヒトの子より育てやすい気がする。たまに周りの手を借りさせてもらうものの、専属の乳母をつけることなく、なんとか二人で子育てができている。いまもジオがテラスから穏やかに見守っているだけだ。

俺がいた世界では生後すぐの遺伝子検査でバース性が判明するが、ここでは三歳を過ぎてから魔石で検査を行う。狼の獣人にベータはいないそうだから、アルファで決まりだろうと言われた。

二匹の子狼が元気に走りまわる姿は微笑ましく、子どもたちといるメルヒオールも楽しそうで、見ているだけで幸せな気持ちになる。子育ての合間に、せっせと愛を囁くのは相変わらずだ。

「うーん。ま、いっか」

もともと考えるのは得意じゃない。一度くらいならと折れ、ソファに座って授乳後の胸を差し出す。自分で服をめくり上げるのは恥ずかしいけれど、恥ずかしい顔をするのも羞恥でいたたまれないし、『恥ずかしい』がいくつも重なってわけが分からなくなる。半分やけっぱちでえいと服をたくし上げた。

「素晴らしい」

なぜだか賛辞を述べられたのち、早速ちゅうちゅうと吸われる。

ぐっと抱きしめられ、押し倒される。押し付けられた股間は硬い。無邪気な好奇心とはいえ、子どもたちの乳を横取りするのはどうだろうかと思わなくもない。だが、ぶんぶん振られたしっぽを見れば、些細なことは気にすまいとも思う。

味わい終えた王様は、舌先で胸の粒をくりくりと味わう方向に切り替えたようだ。

「あ、ばか。始めんなよ。最後までしちゃだめだからな」

金色の頭を押し返す。三人目が宿っていると知ったのはつい最近だ。

「大丈夫だ。医師のジルリフに聞いてある。腹が目立つまでは、少しならしていいそうだ。素股の許可も取った」

「許可取ったのかよ。恥ずかしい」

「大事なことだ。恥ずかしくなどない。それより子どもたちはしばらくジオに任せよう。そなたが気に入っている獣の姿になってやるから、乳首をもっとだな……」

王様の真剣な視線が、唾液で濡れた俺の胸へ注がれる。なんだその交換条件はと思いつつ、向けられる視線が熱すぎて、こっちが赤面してしまう。

「ふわふわの毛皮は好きだけど、獣姿ですんのはちょっと苦手なんだよな」

「分かっている。感じすぎてキリヤは苦手なのだ。手加減してやるから安心しろ」

「感じすぎてないし、ヤだって言ってるだろ！」

「最初は嫌っていたズットウも、いまは大好物ではないか」

納豆の匂いのする、角切り干し肉の発酵《はっこう》食品『ズットウ』は、糸を引くところまで納豆にそっくりだ。前は大嫌いだったはずなのに、妊娠してからなぜか食べられるようになり、出産を終えた現在では大好物になっている。

「ズットウとこれは違うって」

「嫌よ嫌よも好きのうち、だろう？　キリヤのいた世界でも同じ言いまわしがあると言っていたではないか」

「そうだけど……」

先日、ベッドの中で、互いの世界でのことわざを言い合ったのを思い出す。ことわざ以外にも、似通っているものが多い気がする。

「そういえば、甘ズットウっていうお菓子があるって聞いたけど、機会があったら食べたいな」

「話をそらすな。私はもうその気だ」

メルヒオールが自分の股間に俺の手を押し付け、昂りを知らせる。

「わ、お前のムスコを握らすなよ」

「息子？　キリヤの世界では、これを息子と呼ぶのか？」

「こっちでは言わない？　愛称みたいなやつ、こっちにはないの？」

「あるぞ。暴れん坊将軍だ」

生真面目な答えに、俺は盛大に吹き出す。腹を抱えて笑う姿を見て、メルヒオールの暴れん坊将軍がしおれていく。

「そんなに面白いか？　私は冗談がうまくないのだが、キリヤをここまで笑わせられたのなら、よかった」

にっこり笑う男は、雰囲気を台無しにされたのに、少しも不快な様子を見せない。

「メルってほんとに男前だよね」

「キリヤもかわいいぞ」

前の世界で夢にまで見た運命の番は、今日も大真面目に俺を喜ばせてくれる。

メルヒオールが思い出したように、今日のちょっとした事件を切り出す。

「そういえば、そなたを召喚した神殿で今朝発見された、不可思議な文字の書かれた手紙は確認したか？　キリヤが知っている文字か？」

「ああ、あれね。もちろん見たよ」

サイドテーブルに置かれた、青い薔薇柄の派手な封筒を手に取る。

なんと、父親から手紙の返事が来た。一年前にメルの魔石で手紙を送ったのだが、まさかまさかの返事でびっくりだ。

両親には謎なツテがあったようで、向こうの世界からこちらへ手紙を転送してきた。

異世界間文通なんて大技を繰り出せる人物が向こうの世界にいたことも驚きだが、その人に辿り着いた両親にも驚きだ。

キリたん！　あぁ、キリたん、君にこうして手紙を書ける幸せを神に感謝している。

電話もメールもＳＮＳも何も連絡がつかず、どれだけ私たちが不安だったか！　腕利きの探偵に依頼しても成果はなく、とんでもない悪人に見初められたのではないかと心配していた。二人で反社会的組織の関係者や代表者に、それとなく脅《おど》したり惚れさせて探ってみたりしたが、手掛かりは得られなかった。まさか異世界に召喚されていたとは、さすがに想定外だ。

ともあれ、君が幸せに暮らしていると手紙で知り、とても嬉しい。素晴らしい番も得たとのこと、さすが私たちの子だ。どんな世界でも幸せを摑めるキリたんは、私たちの誇りだ。

幸せになったキリたんは、さらに愛らしく美しいオメガになったことだと思う。是非、その姿を目にしたい。せめて番を得たキリたんの写真が欲しいが、なんとかならないだろうか？　できれば動画も欲しい。手紙にマイクロＳＤを同封しておいたので、よろしく頼む。

もちろんキリたんの手紙に、スマホをはじめ一切の荷物がないと書かれていたのは憶えている。だが、君が召喚されたという駅に問い合わせたが、その時期に該当する拾得物はなかったそうだ。そちらの世界のどこかにあるのではないか？　探して見つけ出してくれ。そして、うまいこと充電して動画を撮ってほしい。

ちなみにキリたんからの手紙は、全世界に散らばる私たちのアルファの友人たちが見つけてくれた。

おそらく次回も問題ない。君も自分の番やファンたちに探していることを伝えれば、荷物を見つけるのはさほど難しくないだろう。

さて、ここで一つ報告がある。私たち夫婦は離婚した。悲しむ前に理由を聞いてもらいたい。君の手紙を読み、噂《うわさ》が本当だったと知った私たちは、是非自分の運命の番に会いたくなったのだ。そこで我々は離婚し、それぞれの運命の番を探すための世界旅行に出ている。

アルファを呼び寄せるにはオメガが多いに越したことはないし、手間も一緒だ。さらに互いに気心の知れた、気の合う相手ときている。そんなわけで、二人一緒に世界中を巡っている。

だが一つ、困っていることがある。私たちのファンクラブ『EU連合』（私の名、悦司《えつし》と梅子《うめこ》の頭文字を取ったそうだ）に離婚の取り消しを求められているのだ。

一時期、夫婦で三人目を迎えてあれこれする遊びを気に入って行っていたのだが、それを忘れられぬ者たちが勝手にファンクラブを作り、さらには夫婦を続けてほしいとしつこく嘆願してくる。連合の会員にセレブや権力者が多いせいで、国際法で我らの離婚を無効にさせようという面倒な動きもある。どちらでも大差ない気がするのだが、彼らなりにこだわりがあるようだ。

恋愛の楽しみ方を指図されるなどまっぴらだ。

それにこの旅は、世界中のアルファと交流が持てるのでとても楽しい。どんな風に楽しいかは子どもの君には言えないが、とにかくやたらとはかどってしまい、運命の番と出会えぬまま、すべて巡り終えてしまいそうだ。

そんなわけで、そちらの世界に私たちも呼んでほしい。君のいる世界でこの旅を続けたいのだ。梅子も獣人という存在にとても興味があるそうだ。私も非常に好奇心をそそられ、想像するだけで胸が高鳴っている。

もちろん、キリたんに会いたいのが一番だし、君の冒険譚を是非もっと詳しく聞きたい。そのついでに獣人とも楽しめたら嬉しい。

難しいならキリたんの動画で我慢するが、声を聴きたいのでたくさんしゃべってほしい。それと忘れずに獣人の姿も一緒に撮ってくれ。（ちなみに私の好みは胸板と太ももで、梅子はノーマルプレイに限って言えば、くびれた腰とたわわな胸だそうだ）

メキシコの山奥でアステカの魔術師という者に会ったので、君への手紙を頼んでみた。愛しいキリたんの手元にこの手紙が届くことを祈っている。

再会できる日まで、ＥＵ連合と暇をつぶして待っている。


「俺の両親からの手紙だった。こっちから送った手紙、ちゃんと届いたみたい」

気のいい王様は心から喜び、一緒に手紙を覗き込む。

「なんと書いてあるのだ？」

せっつかれ、唸りながら内容を簡潔にまとめる。

「……んー、そうだね。手紙を読んで安心したって。それと、二人ともすごく元気みたい」

「こんな長文なのに、そんな簡素な内容なのか？」

「あー、オメガとしての人生を満喫しているってことが色々書いてあるだけだよ」

広い世界のどこにあるか分からないスマホを探すほど王様はヒマではないし、俺は両親みたいにファンを持っているわけでもない。

メルヒオールに相談すれば、時間はかかっても必死に考えてくれそうだが、いまは子育てと王様業の両立で精いっぱいだ。相談するなら、双子の子育てがひと段落ついてからにしたい。

手紙だけでも充分に両親が健在な様子を確認できたし、荷物探しは、運に任せていいだろう。

両親がこちらに来たがっている件についても、とりあえず伝えないでおく。来てくれたら嬉しいけれど、魔石を大量に消費させてしまう話は簡単に口にできない。それに、あの両親なら自力で来る可能性もありそうだ。

「また手紙を書いたらどうだ？　転送する程度の魔石ならあるぞ」

「ありがと。落ち着いたら返事を書こうかな。そのときはお願いするね。そうだ、またリアムが脱走したんだって？」

「リアムはやんちゃだからな。気に食わないことがあるとすぐ脱走して困る」

子どもを産んでみると、メルヒオールは驚くほど子煩悩な父親になってくれた。自分の子ども時代をやり直しているようなものだと言って、好んで一緒に遊んでくれたりと、本当に最高の夫だ。

「罰として外出禁止かな。それなら俺も見られるし、メルも双子をいっぺんに見るのは大変だろ？」

俺となならリアムはそうそう脱走しない……と期待しよう。

「そんな身体で、子どもの相手などして大丈夫か？」

心配性の夫が、まだ平らなままの腹にそっと手を当てる。

「何言ってんだよ。街の人たちなんか、出産ギリギリまで働いてるし」

「しかし、ヒトが獣人の子を孕むのは負担が――」

「そんなにおなか出てないから大丈夫だって。俺、子どもは自分で育てたいって思ってたけど、やっぱり手助けがないと無理だね。一人だけでも大変なのに、二人同時に面倒見るなんて絶対ムリだもん。しかも下の子も妊娠してたら、なおさら。メルが育児休暇を取ってくれて助かったよ」

「そなたと一緒に過ごせて私も幸せだ」

「あ、俺も。いまってさ、俺の理想がそのまま実現しててすごいなって思うんだよね。メルはいつもそばにいてくれるし、子育ても一緒にしてくれるだもん」

嬉しくて微笑むと、王様の鼻息がふんっと荒くなる。さっきの続きをしようと誘われ、俺はメルヒオールの耳を撫でることで返事した。

我が最愛の番について2

子どもが生まれて以降、私以外の者たちは、我が最愛の番と簡素な異世界言葉でなんとか意思疎通できていた。私が初夜で使って拒否された言葉も、彼らとは嫌がらずに使用しているのが不思議だ。しかし最近は、その簡素な異世界言葉を使うことがほとんどない。私がそばにいるときは私が通訳をするし、不在の場合は、四歳と三歳の子どもたちが代わりを買って出るようになったのだ。

私たちの子どもは、こちらの言葉とキリヤのいた異世界の言葉の両方を使いこなすことができる。我が子ながら天才である。

三歳の誕生日に魔石を使ったバース検査を行ったところ、双子の兄、オーランドがなんとオメガだった。狼の獣人にオメガが生まれたのは百年ぶりらしく、私だけでなく国中が驚いた。さらに人々を驚嘆させたのは、下の妹のミランダもオメガだったことだ。

三人いる子どものうち、アルファは双子の弟のリアムだけだ。

聞けば、キリヤは両親ともオメガだったそうだから、それが影響しているのかもしれない。

記録に残っている狼のオメガは、すべてアルファと結婚している。ベータと子を生せるかどうか分からないが、なぜか国中の犬の獣人たちがそわそわしているという噂《うわさ》を聞いた。

腹の立つことに、プーニャ王もどこからかオメガを見つけて娶《めと》ったらしい。私にはオメガのオの字も匂わせていなかったくせに、なんて奴だ。やはりネコ科は信用ならない。

しかも早速身籠《みごも》ったと聞く。相変わらずの手の早さだ。だが、我が子たちの先々に限っていえば、番う相手に困らずに済むなら、悪くないと思う。

彼らの伴侶はバース性に関わらず、私より強く賢く健康で長寿を確約できる者なら、子どもたち自身に選択を任せるつもりだ。できれば謙虚《けんきょ》で伴侶を深く愛し、人柄が良く、過去に恋人がいないか、いたとしても男女関係がきれいだとももっとよい。

私も三児の父だ。広い心を持ちたい。

そんな優秀で愛らしい我が子たちは異世界語を自由に操れるが、私は言葉の魔法水によって妻が話す異世界語を、こちらの世界の言葉に翻訳して聞くことができるだけだ。子どもたちの異世界語は理解できない。だから子どもたちが母親へ話しかける際の言葉は、そのままの音、私にとっては真似の難しい発音で聞くことになる。

子どもたちは器用に使い分けるため不便はないのだが、ある日、聞き覚えのある言葉を耳にした。

『ぱんつ、ぬぎぬぎ』である。

見れば三番目の娘、ようやくヒトの姿で一日中過ごせるようになったミランダがお漏らしをしてしまい、下着を汚して泣いている。キリヤが替えを取りに行っている間、心配した双子の兄、オーランドとリアムが彼女へ言ったのだ。

ぱんつ、ぬぎぬぎ、と。

ミランダの替えの下着を手に戻ってきたキリヤへ、すぐさま問いただす。

「それなら俺も使ってる。メルにはこっちの言葉に聞こえるから、気づいてなかったかもしれないけど、子どもたちは俺の真似をしただけだよ」

混乱し、黙り込む私に、優しいうえに年々かわいさを増しつつあるキリヤは丁寧に説明してくれる。

「あれはさ、赤ちゃん言葉ってやつ」

驚愕である。私が初夜で決め台詞として使った言葉は、なんと幼児が使う言葉だったのだ！

「初夜を断ったのはもしやそのせいか？」

「え、いまさら？　五年も引きずってたの？」

「いいから答えてくれ！」

「うーん、それだけってワケじゃないけど、赤ちゃんプレイは守備範囲じゃなかったっていうか、高度すぎてさばけなかったたっていうか……ムリかなって」

「つまりはシラけて萎えたうえに、痛々しくて見ていられなかったということか⁉」

「いや、あー、えーっと……なんていうか、不安だったからだよ。言葉も通じなかったし、忙しくてあんまり会えない相手と番ったらつらいんじゃないかなって」

あれこれ言葉を尽くしてくれたが、このやり取りは私に衝撃を与えた。すぐに言葉の採集を行った当時の魔術師長であり、いまは退職して老後生活を送っているモンドリゲンを呼び出した。経緯を問わねばならない。


私たちは子育てを積極的に行うため、育児休暇が明けたいまも仕事は最小限に抑え、どうしてもやらねばならぬものだけ宮殿の居室でこなしている。正直なところ仕事ははかどらないが、子どもたちの姿を間近で見られるのは嬉しい。

子どもたちを風呂へ入れ終わったところで、モンドリンゲンが居室に現れた。ズボンを膝までまくり上げ、上半身裸で子どもたちを追いまわしている姿を見られてしまい、少し気まずい。

「そこへ座って待て。子どもたちに服を着せ終わったら話を聞く」

威厳《いげん》を持って話した私の足元では、風呂上がりの双子のオーランドとリアムが素っ裸でキャッキャと転げまわって遊んでいる。母親から肌の白さを受け継ぎ、それ以外は私そっくりな外見の二人は、髪も瞳も金色だ。

四歳の彼らはヒト姿でもなかなかすばしっこい。ようやくオーランドを捕まえると、下着と服を着させる。隙あらば逃げようとする子ども相手では何をするにも難しい。私が手間取っている間、人見知りをしないリアムは知ったような顔でモンドリンゲンの膝に登り、大股を開いて座っている。

「リアム、降りなさい」

たしなめたが、知らん顔で己の股間をしみじみ見つめる。おもむろにちんちんの先を引っ張ると、限界まで伸ばす遊びを始めてしまう。その挑戦につい注目してしまいそうになるが、それどころではなかったのを思い出す。

そこへ、キリヤが着替え終わったミランダを連れて戻ってきた。愛娘は、キリヤゆずりの黒髪と黒い瞳に、白い耳としっぽを持っている。

「おじいさん、久しぶり～。顔色良くなってるね」

妻の言葉を伝えてやると、モンドリンゲンもお二人ともお美しくなられたと油断ならないことを言うので、睨みつけておく。

モンドリゲンは老後、あちこち旅をして過ごしているらしく、先日まで南の国にいたそうだ。どうりで肌が黒く陽に焼けている。城勤めのストレスから解放されたせいか、肌つやも格段に良くなった。

ようやく双子の着替えを終わらせ、自らも上着を羽織る。

いったん咳払いし、やっと本題に入った。

「キリヤから聞いたが、この言葉は幼児言葉だそうだ。お前たちはその事実を知った上で、私にあの言葉を使わせたのか？」

老魔術師は首を傾げ、次に何か思い当たったのか、口を円く開いて手を打ち鳴らす。

「もしや初夜が失敗したのは、幼子の使う言葉で閨《ねや》に誘ったのが原因でしたか！」

五年前の過去の出来事とはいえ、私にとって繊細な一件をつまびらかにされ、言葉に詰まる。モンドリゲンが慌てて己の口を塞いだが、遅すぎる。

キリヤの方は他人事のように一人平然としている。

子どもたちはありがたいことに静かにおままごとで遊んでくれている。一番やんちゃなリアムもキリリとした表情ですっくと立ち、一人でどこか宙を見つめていた。自分は何をして遊ぼうか考えているのかもしれない。悩ましい表情は、幼いながらも賢そうだ。

「終わったことを責めるつもりはない。だが、経緯は報告しろ」

王である私の言葉にモンドリゲンは頭を下げ、事の次第を説明する。

「お妃様が難儀なさいましたのも、この世界とあちらの世界での発音の仕方に相当な差があったからでございます。聴き取りが難しく、我々も苦労いたしました。そんな環境では、文字も言葉も分からない世界を観察して得られる語彙は少ない。そこで――何か匂いますな」

匂いを辿ってリアムを見れば、直立不動で眉間に皺《しわ》を寄せている。賢者のようなたたずまいだが、きばっているときほど大人びた顔をするのを、私は経験上知っている。

「風呂に入ったばかりなのに、大きい方をしたか……」

がくりと肩を落とす。キリヤは「うんちしてえらいね」と幼い賢者を褒めたたえた。

私も幼い頃は、糞をしただけで褒められたのだろうかと思うと、感慨深い。

替えのパンツをキリヤが取りに行っている間、リアムを椅子に摑まり立ちさせ、下着を慎重に脱がせる。お湯で湿らせた布を使い、慣れた手つきで尻を拭く。

「この調子では話が進まないな。着替えさせながらで悪いが、言葉を採取した経緯を続けてくれ」

王様のかいがいしい子育て姿に動揺しつつも、モンドリンゲンが答える。

「ええと、それでその、あー、その世界の子どもにどう言葉を教えているのか調べることにし、赤子のいる家や、幼児が集められている施設、そこで読まれる幼児向けの絵本を観察・調査致しました。そうして集めた言葉を我々は献上することができたのです」

当時の苦労と、解決策を見つけたときの記憶がよみがえったのか、モンドリンゲンは誇らしげに胸を張る。

そこで新しいものを手に戻ってきたキリヤにリアムを任せ、私は汚れた下着を使用人に渡す。

以前、自分で洗おうとしたら使用人たちに泣かれてしまったので、彼らの仕事を奪わぬ程度に任せている。

「やはり幼い子どもの使う言葉だと分かっていたのだな？」

「申し上げるべきでした。苦労した分、言葉が採取できたのが嬉しくて、つい忘れてしまいました」

母親の手から逃げ出したリアムが、下着を着けずに走りまわっている。先ほどと同じ光景が繰り返されていることに、気が遠くなりそうだ。

これはもうモンドリンゲンの方を先に終わらせた方が早いかもしれない。老魔術師を促すと、コホンと咳をし、弁明を続ける。

「あのころは国庫の魔石が尽きた状態で、新たな魔石を集めるためにかなり苦労しておりました。国中から医療用以外の魔石を集めさせるのに、金狼陛下が異世界からいらしたお妃様と心を通わせられるよう臣民一体となろうと呼びかけ――、……もうお一人の王子様ももよおされてらっしゃるようです」

振り返れば、オーランドもまた直立し、賢者の顔つきになっている。キリヤはリアムを捕まえるのを諦め、またもや替えの下着を取りに出ていく。私もまた先ほど同様、オーランドを摑まり立ちさせ、下着を脱がし、尻を拭く。厭《いと》わずにやるには、無の心が重要だ。

しかし、初夜に幼児語で誤解された件については諦めがつかない。息子の尻を拭きながら話を蒸し返す。

「モンドリンゲン、しかしだな――」

「にこ、ある」

かわいらしい声が私の言葉を遮った。見れば、いつの間にかまた老魔術師の膝によじ登ったリアムが股を広げ、己の袋をつついている。

キリヤによく似たかわいらしい顔で、遠くをぼんやり見つめながらつぶやく。

「ボールがふたつある」

「タマだからな」「タマですからね」

心ならずもモンドリンゲンと『タマ』がハモる。そこで何を話していたか分からなくなってしまった。どっと疲れが押し寄せ、これ以上の話し合いは無理だとさじを投げる。モンドリンゲンに声をかけ、急な呼び出しに応えてくれたことをねぎらってから下がらせた。

「あれ？　おじいさんは帰っちゃったの？　メルが聞きたかったことは聞けた？」

再び下着を手に戻ってきたキリヤが心配してくれる。

「子どもたちの面倒を見ていたら、どうでもよくなってしまった」

目の前を、下着を穿かぬまま逃げまわる双子が駆けていく。

「いい加減にしなさい！　下着ぐらい、もう自分たちで穿けるだろう！」

しかりつけると、子どもたちの小さな耳が一斉に伏せられる。気の強いミランダが耳を伏せつつも不満げに唇を尖らせ、己のスカートをめくり上げる。

「あたし、ぱんつはいてるもん！」

「ミランダ、王女は人前で下着を見せてはいけないよ」

「しってるもーん。とうさまはいいんだもーん、かあさまもいいんだもーん」

適当なリズムを付けて歌い始める。下着を手に走りまわる双子の兄たちが新たなイタズラを探そうと目を輝かせたとき、キリヤの手が上がり、子どもたちの注意を引く。

「みんな！　二十数えるうちに着替えたら、お父様が絵本を読んでくれるよ。ミランダは自分のおもちゃを片付けてね」

「えー、かあさまがいい～～！　ママ！」

子どもたちは丁寧にも、こちらと異世界の言葉の両方で遠慮のないブーイングを上げる。ひどい。心が折れそうだ。

平然を装ったが、キリヤにはお見通しらしく、私を見てくすりと笑われた。すぐに子どもたちに新たな提案をする。

「一番早く終わった子は、ママの膝で絵本を読めることにしよう！」

早々に数を数え始めると、三人は先を競ってそれぞれ言われたことを終えてしまった。

母親の膝に座る権利を得たのはリアムだ。

ソファにキリヤと並んで座り、子どもをそれぞれ膝に抱く。私の膝は広いので、オーランドとミランダの二人で座れるのだが、二人とも競争に負けたのが悔しいようで、頬を膨らませている。

「せっかく私が絵本を読むのに、そんな顔で聞くのか？　かわいい顔が台無しだぞ」

「じゃあ、とうさまのかたにのっていい？」

ミランダのおねだりを快諾すると、さっそくよじ登られる。オーランドはまだリアムがうらやましそうだ。なだめるように頭を撫でると、目を細める。

「オーランド、どの絵本にするか君が選んできてくれ」

本棚のなかから、オーランドがお気に入りを選んで戻ってくる。私の膝に登ってくる顔を見れば、ようやく機嫌がなおったらしい。

家族五人で同じ絵本を覗き込む。最初はぎこちなかった読み方が、すっかりうまくなってしまった。いまでは登場人物ごとに声色を変えるのも、お手の物だ。

我々が暮らす宮殿は広いのに、気づけばこんな風にぎゅうぎゅうになって一緒にいることが多い。宮殿では、常に家族の誰かがそばにいる。それがこんなに嬉しいものだとは、家族ができるまで知らなかった。

かつて最後の王族だった自分には、一人も家族がいなかった。それがいまや三人の子宝に恵まれ、

妻はこんなにかわいいなんて、これを幸せと言わずなんと言おうか。

絵本を読み終えると、子どもたちをかわいがりたくてしょうがない使用人たちからおやつに誘われる。元気な子どもたちは再び競い合い、部屋を駆け出ていく。

ジオが気を利かせ、部屋を軽く片付けたのち、退室する。

隣りに座るキリヤを引き寄せ、膝に抱く。最初は恥ずかしがっていたが、二人きりなのだからいいではないかと説得すると、甘えるように胸に寄り掛かってくれた。

「そういえば、ちゃんとお礼言ってなかったね」

「何がだ？」

「俺のために、言葉を憶えてくれてたこと。いまさらだけど、ありがと。俺、こっちの言葉全然できなかったから、メルの方から歩み寄ってくれて、マジで感激した」

「しかし、幼子の言葉でそなたに迫る私は、みっともなかっただろう？」

私の声と同じくして、自慢のしっぽもうなだれる。

「アレするときに使われるのがちょっとヤだっただけ。それに、いまはイヤだって思ってないから。メルが俺のために頑張ってくれたんだって分かったし。それに、そういうみっともないとこ、俺にだけ見せてくれるんなら、悪い気はしないっていうか……」

「みっともない私が好きなのか？」

垂れたしっぽが、ピンっと上がる。

「なんて言うか、俺だけのメルって感じがして好き。普段のメルは――」

「好きと言ったか？　いま、好きだと言ったな？」

「ん？　あ、そうだけど……」

「ジオ！」

ドアの外で控えているジオを呼び入れ、伝言を頼む。

「宰相に今日は記念日だから、今日明日は休暇をもらうと伝えてくれ」

話の流れが読めずにいるジオが、しっぽと耳をせわしなく動かす。

「いまからですか？　それに記念日とは初耳ですが」

「いま決まったのだ。二度目なのだ」

「二度目とは……何がでしょう？」

「キリヤが私に愛を告げた二度目の記念日だ。一度目は王妃の日として国民の祝日にしたが、今回はそこまで大ごとにするつもりはない。内々で祝うから気を遣わずともよい」

「あれってそういう意味だったんですか……」

なぜだかジオはそのまま固まってしまった。キリヤの方は、これもまたなぜだか分からないがぷりぷりと怒っている。

――怒ってもかわいい。

「愛を告げるって、好きって言っただけだろ！」

「そう急かすな。すぐに寝室に連れていってやる」

「そんなこと頼んでないってば」

「我が最愛の番の慎ましさは大陸一だな！」

キリヤを抱え、夫婦の寝室にまっすぐ向かう。好きだと告白されたら、言葉と行動で示すのが一番だ。

今朝もしたじゃんと小さな声が聞こえたが、おとなしく腕の中に納まっているところを見れば、さほど不本意というわけではないようだ。

「朝もしたし、なんなら昨夜もした。だがいままたそなたを愛したい。まだ私のものは、そなたのそこに馴染めていないか？」

「子どもを産んだせいかな？　最近は次の日も痛まないし、そんなに怠くもならないんだよね。身体が慣れてきたのかな？」

知っている。慣れたのではなく、治っているからが正しいということも知っている。

なぜなら、私が毎晩こっそり愛しい妻の尻に魔石治療を施しているからだ。

私的利用ということなかれ。三児をもうけたとはいえ、国民が期待している王子王女のさらなる誕生に、王である私が前向きに取り組むのは大事な公務だ。

もちろん独断で決めたわけではない。人の上に立つ者は、周りの意見をよく聞かなければならない。

私はキリヤと国民のために謙虚《けんきょ》で賢明な王でありたいと願っている。

妻の尻を適切な状態に保つために使う魔石は、私が作り出したものしか使用していないし、使用にあたっても、先達に意見を聞いてから判断した。

かつてキリヤからの質問に答えるために、戸籍調査を行ったことがある。そこで調べたヒトを配偶者にしている夫婦のなかで、さらに男性同士の夫婦を洗い出し、先達として意見を募ることにしたのだ。ちなみにクラース将軍に聞けば早いのかもしれないが、率直にいって奴には聞きたくない。ピノーにも悪いし、身近な者の閨を知るのははばかられる。

クラース将軍以外の該当者へ意見を求めたのは、獣人とヒトとの性欲格差についての解決法だ。どれぐらいの頻度で愛を確かめ合うべきか。また、励みすぎた場合の介助方法について。

身分を偽って先達たちに聞くと、驚くべきことに、ヒトの配偶者が眠っている間に魔石で尻を回復させているというではないか。その方が配偶者も気持ちよくなれるし、普段の生活に差し障りも起きないという。

尻の回復という裏技を得た私は、愛の語らい後、キリヤが寝ている間にこっそり行うようにしている。この努力が実り、以前は三度に一度しか受け入れてもらえなかったのが、いまは三分の二まで成功率が上昇するという結果も出した。

自画自賛するわけではないが、自分は有能な王である前に、優秀な夫だとも思う。罪作りなほどかわいいキリヤの夫にふさわしいのは、やはり自分だ。胸を張ってこれからもキリヤを愛していきたい。

「キリヤ、愛している。そなたと出会えてよかった」

しんみりつぶやくと、腕の中の愛しい番が「俺も」と答え、再び私を身悶えさせた。

あとがき

こんにちは、エナリユウと申します。

今作のラブコメ、少しでも楽しんで頂けましたらなによりです。アレもソレも引かずに笑ってもらえただろうかと、ドキドキハラハラしております。

三段オチについて考えながらＢＬを執筆する日が来るとは思いませんでしたが、終始楽しく書かせて頂きました。

ここまで導いてくださった担当様には感謝しきれません。例えば、熊獣人の語尾にすべて『モン』をつけようとしたのを秒速で止めてくださるとか！　どうしてもパンツをしゃぶったり匂いを嗅がせたくなるのを、「……パンツ好きですね」の言葉で正気に返らせてくれるとか！（前作では攻めに受けの使用済みパンツかぶらせていたので、やっぱりパンツが好きだったみたいです）フェチに走る話ではなかったなと冷静になれたおかげで、軌道修正できました。

イラストはｙｏｃｏ先生に描いて頂ける幸運に恵まれました！　綺麗でかわいくて、メルヒオールみたいに『素晴らしい』を連呼しております。先生の絵が引き立つ愛らしい装丁も素敵です!!　絵と文字にある、控えめでかわいいハートを思わず数えてしまいました♡　背表紙も含めれば、末広がりの八でしょうか？

読んでくださった皆さんを笑顔にしたいと思って書きましたが、私のひとりよがりだったらどうしようと怯えたりもしています。少しでもご感想頂ければ答え合わせ（？）ができるかなと思うのですが、皆様お忙しいのにねだるのも図々しいし……、でもやっぱり頂けると嬉しいのでお気が向きましたらお願い致します。これまで頂いた感想は大事に保管し、そっと一人でニヤニヤしています。（何度も！）

ここまでお読みくださり、ありがとうございました。またどこかでお会いできることを祈っております。

CROSS NOVELS既刊好評発売中

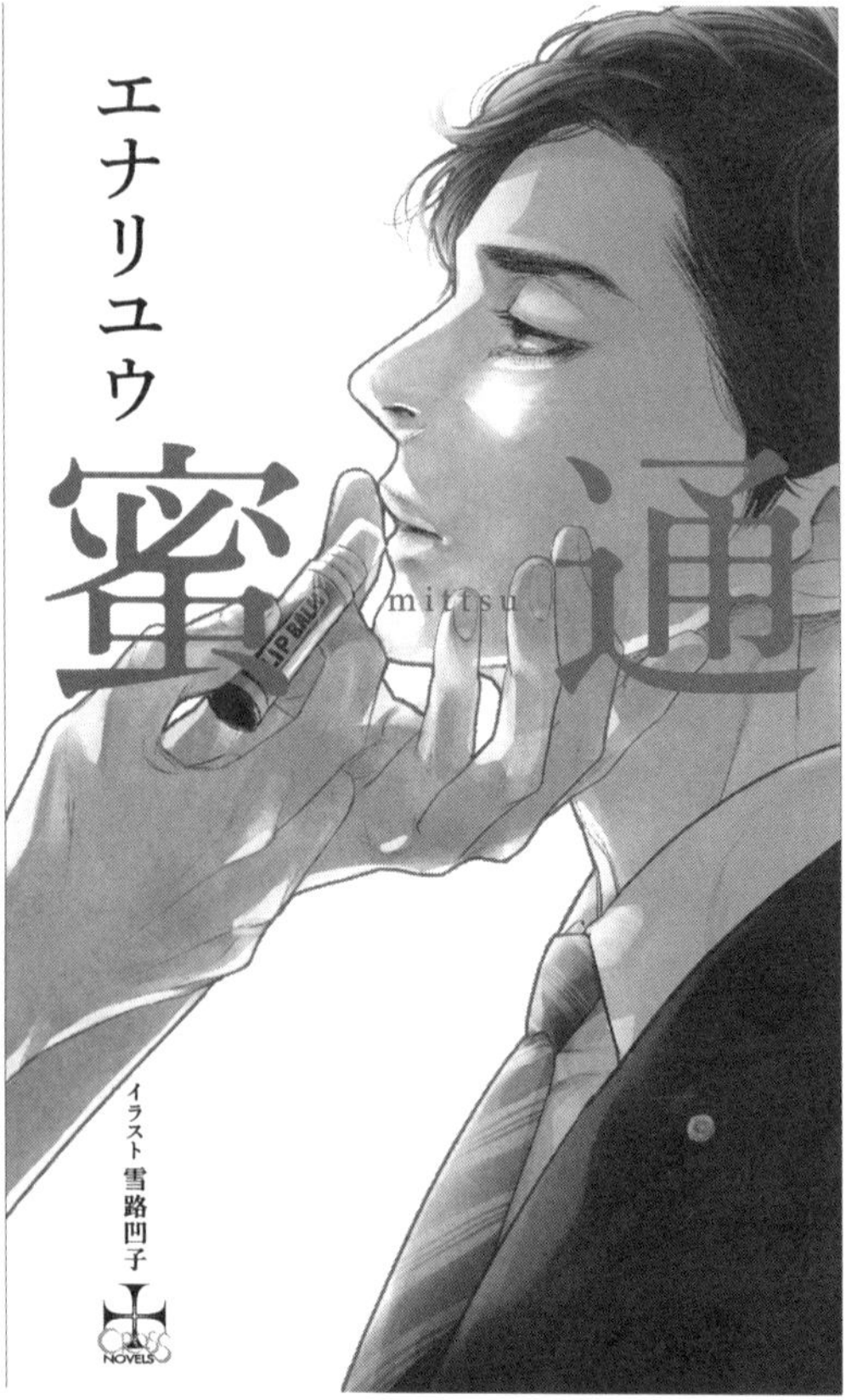

何年経ってもアンタのそばにいてやる

蜜通

エナリユウ　Illust 雪路凹子

六歳の小さな手から、俺は大切な宝物を受け取った――。
榛名は、初恋の男の息子・涼一を男手ひとつで育てることに。
しかし涼一が高校生になった時、ゲイであることがバレてしまう。
嫌悪されたと思い距離を置いた榛名だが、
社会人になった涼一に「アンタのことが好きだ」と情熱的なキスをされ、
息子同然の彼に身体まで翻弄されてしまい…!
執着年下ワンコ×ツンデレ弁護士、恋の攻防戦!

CROSS NOVELS既刊好評発売中

いいかげん、俺と結婚すると言え

獣人アルファと恋の迷宮

成瀬かの

Illust 央川みはら

養い親を亡くし孤児シシィは迷宮都市へとやってくる。

二十人もいる幼い弟たちを養うため、死に神のように禍々しい姿をしたオメガ嫌いの獣人・ラージャと組んで迷宮へと潜り始めたシシィはベータだと思っていたのに突然発情期に襲われ驚愕。

激怒したラージャに嘘つきと責められた挙げ句激しく抱かれ妊娠してしまう。

一人で子供を産む決意をするも、気づいたラージャが求婚してきて——。

プロポーズは子供ができたから？　それとも……？

CROSS NOVELSをお買い上げいただき
ありがとうございます。
この本を読んだご意見・ご感想をお寄せください。

〒110-8625
東京都台東区東上野2-8-7　笠倉出版社
CROSS NOVELS 編集部
「エナリユウ先生」係／「yoco先生」係

CROSS NOVELS

金狼王の最愛オメガ

著者
エナリユウ

2020年4月23日　初版発行　検印廃止

発行者　笠倉伸夫
発行所　株式会社 笠倉出版社
〒110-8625　東京都台東区東上野2-8-7　笠倉ビル
[営業]TEL　0120-984-164
FAX　03-4355-1109
[編集]TEL　03-4355-1103
FAX　03-5846-3493
http://www.kasakura.co.jp/
振替口座　00130-9-75686
印刷　株式会社 光邦
装丁　斉藤麻実子〈Asanomi Graphic〉
ISBN 978-4-7730-6030-0
Printed in Japan

CROSS NOVELS